刑《デ》事《カ》王子

THE PRINCE OF DETECTIVE

似鳥鶏

NITADORI KEI

実業之日本社

CONTENTS

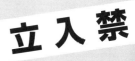

立入禁止

装画　サイトウユウスケ
装幀　坂野公一（welle design）

THE PRINCE OF DETECTIVE

刑《デ》事《カ》王子

Prologue

死が薄紫色をしているという事実は、知ってしまえばとても納得がいくものだった。むしろこれまでどうして黒だの灰色だのだと思っていたのだろう。こうして死に瀕《ひん》してみれば、それまでの自分がいかに死のことを考えてこなかったかが分かる。死ぬ直前にあるのは苦痛や絶望や恐怖ではない。自壊と脱力と、後戻りできない場所に急速に落とされていく「加速」だ。黒い脱力はおかしい。灰色の加速もだ。死は薄紫色。最期に得る知識。おそらくすべての人間に与えられる、この世界からの最後の贈り物。「よく頑張った」と肩を叩《たた》かれながら、死神に囁《ささや》いてもらう小さな秘密。それを手土産に微笑《ほほえ》んで死んでいく。人間の最期とはそういうものであるらしい。

違う。

死ではない。花だ。

目を大きく見開くと、四秒ほどで焦点が合った。顔の前にあるこれは花だ。いや、周囲一面がこの薄紫だ。ここは花畑だ。一面に咲くkanerva《カネルヴァ》の花。自分はその中に倒れて動けないのだ。なぜ倒れている？　飛行機が落ちたからだ。なぜ動けない？　いや、本当に動けないのだろうか。腕を曲げようとすると激痛が走った。負傷は背中だけだと思っていたが、脇腹と左腕も震源になっているようだ。激痛のおかげで意識と視界ははっきりした。動ける。しかし痛みの強さからすると重傷の可能性が大きく、それがどの程度なのか心配だった。左腕のは肘か前腕の骨折だろう。開放性骨折かもしれないが、末端だから命の危険はない。背中は火傷《やけど》だろうが範囲はさして広くないはずだ。痛みの範囲をもとにprognostic burn index《熱傷予後指数》を推測する。命の危険はまずないようだ。傷跡や後遺症？　そんなものは今どうでもいい。問題は脇腹。体幹のこの傷はまずい。だが右腕を這《は》わせてまさぐったところ、血で濡《ぬ》れてはいたが飛び出た腸に触れる感覚はなかった。大丈夫だ。

　自分が大丈夫だと分かると意識の範囲が広がった。そろそろ日が傾きかけている空。兄は。アロン第一王子は無事なのか。兄は父の死後に王室を継がなくてはならないのだ。死ぬわけにはいかないのに。パイロットは。ヘレナさんは。Herre《Mr.》ケレスは。

　動かなくてはならなかった。立ち上がり、彼らの無事を確認し、負傷していれば応急処置をするのが自分の務めだ。非常事態に際し、ぼうっとして助けを待つような者に王族たる資格はない。応急処置だ。いや、まずはＳＯＳを。携帯電話はどこだ。

kanervaの茎を押し潰して右手を地面につく。右手は脇腹を押さえるのに使いたかったが、左腕が動かない以上、こうしないと体を起こせない。両脚を曲げることはできた。脚は問題なく動く！　神はまだ、われを見捨てたもうてはいない。まず右肘をつく。草の乾いた感触。Kolju《この国》のkanervaは乾いている。よく見ると前方十メートルほどで地面が切れている。あそこから先は崖なのだ。だとすればここはKölekki《コレッキ》岬のあたりだろう。やはりあのまま墜落したのだ。墜落、という単語が頭に浮かび、ようやく背後で火が燃える音がしていることに気付く。両膝を曲げて四つん這いになり、振り返ると、後方で機体が燃えていた。機首も翼もちぎれて捩《よじ》れた断面を見せているのに、機体表面はまだ綺麗《きれい》に真っ白なのが不思議だった。燃えているのは左の翼のあたりだ。うまい具合に燃料タンクごと主翼が外れてそこで燃えてくれている。だが客室の座席が一つ、むこうまで吹っ飛んでいる。誰も乗っていないそれを見つけた瞬間、背筋が凍った。そして何か大きな部品が崖に向かって滑った跡がある。薄紫の花が焼け焦げ、黒褐色の道が崖まで一直線に続いている。

　あそこから何か落ちた。

　嫌な予感がした。

　脇腹の激痛で立ち上がれない。歯を食いしばってうつ伏せになり、右手と膝で這い進む。動かない左腕がだらりと下がって地面をこするたびに傷の痛みが小爆発を繰り返す。kanervaの花が膝の下でぶつり、ぶつりと千切れる感触がある。崖まで辿《たど》り着き、下を見る。海風が当たって前髪が顔に張りついた。

崖下にも薄紫があった。十メートルほど下方に大きな岩棚が張り出しており、そこにもkanervaがびっしり生えているのだ。予想通り、銀色の破片が落ちて燃えていた。だが。

岩棚の上で動くものがあった。人間だ。しかも、あれは。

「velle《兄さん》……」

間違いない。長兄のアロン第一王子だ。ジャケットの色がおかしかったが、血の染みが広がっているせいだと分かってぞっとした。だが動いている。呼びたいが、脇腹が痛んで声を飛ばせない。

アロンはこちらを見上げない。それよりも、横にある何かを恐れるように這いずって岩棚の端に逃げようとしている。目を凝らすと状況が分かった。兄と一緒に岩棚に落下した機体の部品。おそらくは翼の一部だ。それが勢いよく燃えているのだ。部品の周囲はすでにオレンジの炎に包まれ、その炎が徐々に広がっている。

炎はすでに二メートル近くの高さになっているようだった。どんどん燃え広がっている。あれはもう消せない。風が吹くと、熱せられた空気がここまで上がってきて鼻先が炙《あぶ》られた。

消せない炎。それが何を意味するのかを理解する。岩棚の広さはせいぜい縦に五メートル、横に十二、三メートルしかない。火元は右側の端で、兄は反対側に這って逃げようとしている。だが一面にkanervaがびっしりと生い茂っていて、炎が衰える気配はない。右端から兄のいる左端に向けて、ゆっくりと燃え広がってゆく。隠れる場所はない。

「兄さん。アロン。逃げろ……」

叫ぼうとすると激痛が走る。それに叫んでも意味がないことがすぐに分かる。そもそも逃げ場がないのだ。岩棚はすべて燃えるkanervaで、切り立った崖には身を隠せる窪《くぼ》み一つない。炎を消すこともできない。炎は岩棚の右端をすでに焼け野原にし、今は徐々に左端に向けて迫っている。アロンは重傷で、歩くのがやっとらしい。サーカスのライオンのように炎に飛び込んで突破し、草の燃え尽きた右側に脱出することも、崖をよじ登って炎から逃げることもできない。せいぜい縁まで逃げ、炎が来る前に崖下に落ちるくらいしか手がない。だが、それも無理だ。岩棚から海面まではさらに二十メートルはある。すでに重傷を負っているアロンは落下の衝撃で死ぬだろう。よしんば落下の瞬間は生き残れたとしても、そのまま溺れ死ぬしかないだろう。

炎が岩棚を舐《な》めるように進む。すべてを灰に帰す紅《あか》い悪魔の行進。消さなくては、と思った。何かを落として消さなくては。だが周囲には草と土しかない。うまく炎の上に落とせたとしても、それで勢いが弱まることはないだろう。

炎は速度を増したようで、すでに右端から三分の一まで燃やし尽くしていた。逃げ場のないアロンのところまで到達するのにあと何分、あるいは何十秒だろうか。耐えられなくなり目を閉じた。兄が焼け死ぬところを見たくなかった。だがそこで恐ろしいことに気付いた。目を閉じれば見なくても済むが、耳は聞こえている。自分は動けず、意識を失うこともできず、優しい兄が焼け死ぬまであげ続ける苦悶《くもん》の叫びを、ずっと聞かされ続けることになるのではないか。

突っ張っていた右腕から力が抜け、顔から草の中に落ちる。衝撃でまた激痛が走ったが、草の感触は天使の羽根に包まれているように安らかだった。地獄だ。この花畑は柔らかい地獄だ。強く目を閉じる。それで聞こえる音が減るわけではないのに。

だがいくら待っても、覚悟していた声はなかなか来なかった。聞くまいとしても、どうしても崖下の音に意識がいってしまう。それなのに聞こえなかった。もうとっくに炎が届いているはずなのに。兄は叫ぶ間もなく一瞬で死んだのだろうか。それとも無言のまま猛火に焼かれている最中なのだろうか。

どうなっている。分からない。そう繰り返しているうちに、自分の意識もぐらついたのが分かった。こちらも限界だったのだ。

そのまま意識を失い、暗闇に落ちた。その一瞬前、車のエンジン音を聞いた気がした。助けが来たのかもしれない。遅すぎる。

Case

I

嫌われる人は恨まれない

1

ラーヒズヤはサッカー好きだったようで、プレミアリーグという単語が出た途端に「今季のアーセナルはヤバい」「前々節のニューカッスル戦は是非YouTubeで観《み》てくれ」と急に饒舌《じょうぜつ》になった。雑談、それも世界共通で通用するスポーツの話で被疑者の緊張をほぐすのは基本中の基本だったが、覚えたのは職場の先輩からではなく営業職をしている大学時代の友人からだ。それを刑事になってからずっと、つまり四半世紀近く多用している。友人の方も同様で、東京であえて阪神ファンを装ったり、年寄りには南海時代のホークスの話をしたりとうまくやり、今は営業部長になってしまっているらしい。通訳官と被疑者が急に和気藹々《わきあいあい》としだしたので若い巡査の方は困惑しているようだったが、取調室の壁際にどっかり座った宮川《みやかわ》巡査長はヴェテランだ。「何を楽しそうにしていやがる」「何を言っているのかさっぱり分からねえ」という顔で腕組みをしつつ、小さくこちらに頷《うなず》いてみせる。ようやく落ちる。俺は宮川巡査長を親指で指す。「No worries. Just because he wants to go home early. His wife is a dragon.」

くわばわくわばら、という顔をしてみせるとラーヒズヤは初めて宮川巡査長に笑顔を向け、頷いた。たいした罪ではないから素直に喋《しゃべ》れば今季の決勝は家で観られるぞ、と空約束をし、相手が応じて喋りだしたのをメモする。途中で「こういう言い方をした方が心証がいいぞ」とアドヴァイスを入れるふりをするのも忘れない。被疑者だって異国で一人きりのところに、周囲の警官たちが皆、自分の分からない言語でやりとりをしている、となれば不安なのだ。「通訳担当者は自分の味方らしい」と感じさせれば簡単に落ちる。ラーヒズヤも五分もせずに完落ちし、俺は残業から解放された。

宮川巡査長は廊下まで俺を送ってくれた。

「すまんな。ちょうどあんたがいるって聞いたもんだから」

「なに。サッカーの話をしただけさ」

「本当か?」宮川巡査長はにやける。だいたいいつも自分がダシにされるのを知っているのだろう。「まあいい。そこにいた若いの、日村《ひむら》君って言うんだが、あんたがあんまりあっさり落としたんで魔法を見たみたいな顔してるぞ」

「二ヶ月もすりゃできるようになるさ。ホグワーツへようこそ」

時折頼まれる助っ人仕事だった。本庁の国際犯罪対策課には外国語が堪能《たんのう》な者もかなりいるが、所轄の方にはまだ少ない。外国人の被疑者に「ニホンゴワカラナイ」と粘られ手も足も出なくなることもまだよくあるから、こうして出先の廊下でちょっと呼び止められ残業をする、といったことには慣れていた。

清瀬《きよせ》署の玄関を出ると、街の夜もいつも通りだった。日々空気は暖かくなってきているがどうもくしゃみが出る。この歳《とし》で花粉症デビューなんて冗談じゃないぞと思いつつ腕をぐるりと回す。最近腕を上げにくくなっているこいつは、認めたくないが「五十肩」というやつだ。特定の年齢の人間を型にはめる嫌な単語だったが、年齢とともに確実に体は衰え、望むと望まないとにかかわらず勝手に五十代男性の型にはまろうとしてくる。それは認めなくてはならなかった。二十代の頃は何をしても平気だった。それが三十代になると、無茶をした日は体が軋《きし》むようになった。四十代になると、何か心当たりがある、というだけで体が軋むようになった。そして五十代の今、何もなくても一日の仕事を終えただけで軋んでいる。

仕事の内容は日々変わっていない。警視庁組織犯罪対策部国際犯罪対策課第一国際犯罪捜査四係所属。巡査部長。もう退官まで異動も昇進もないだろう。駅に向かって歩きながら思う。そう。退官するまでずっと、この日々が続くのだろう。

金、余暇、周囲からの扱い。いずれの面においても待遇は悪くなかった。よく通訳係をさせられる捜査員。英語以外はろくにできないが、それでも代わりはそうそういないから地位は保障されたようなもの。日々の書類仕事。担当事件の捜査。それに加えて通訳係としてのちょっとした「出向」やさっきのようなサービス残業。これらを笑ってこなしていれば、退職まで食いっぱぐれる心配も、まして殉職《じゅんしょく》なんて心配もしなくていい。そこそこの高度で約束された安定飛行の日々。これまで積み上げたノウハウで「いつもの仕事」をしてさえいれば、何の起伏もなく回っていく日々。休日を目指して仕事をし、次の勤務日を横目で見ながら休日を過ごし、また休日を目指して仕事をする。回し車のハムスターだ。同じ場所で回し続け、歳だけはとっていく。今年、五十二だ。六十の退官まであと八年と少し。定年が延びた上にギリギリまで勤めればプラス五年だが、六十になった自分にその気力があるだろうか。

六十歳。還暦。

若い頃は八年後の自分など山の上に霞《かす》んで見えなかった。同じ「八年後」なのに、今は退官する自分の姿がはっきり見える。今より白髪が増え、少しだけ皺《しわ》が増え、腰痛を騙《だま》し騙ししている自分が。退官までの時間はたまらなく平坦《へいたん》で見通しの良い花畑だった。まっすぐに走る一本の二車線道路。着任時からずっと続く、舗装された都道。それでいいのだろうか。俺は一体何なんだ？　退官の日、笑顔で花束をもらい、それで終わりか。本郷馨《ほんごうかおる》巡査部長は三十八年間真面目に勤めあげ、一人の警察官として職務を全《まっと》うしました。拍手。それで終わりか。

何か言いたいことがあるような気がする。だがそんなことは退官後に考えればいい、とも思う。時間はたっぷりできるだろうから。そう考えて気付く。最近、一人になって考えることは「退官したら」ばかりだ。どんなに早くてもまだあと八年もあるというのに、来年辞めるみたいだ。いや、俺の場合は四十を過ぎた頃からもう、徐々にそうなっていた気がする。まだ二十年も勤めていないのに、二十年以上先の老後ばかり考えていた。変化のない一人暮らしではそのくらいしか考えることがなかったのだ。子供でもいれば違ったのだろうが……。

ふっ、と風が吹いた。自然の風ではなく、俺を追い抜いて前に出た男が起こした風だった。綺麗な金髪が目をひいた。ロシア、いや北欧系だろうか。俺よりひと回り小さいから身長は166・7㎝。黒のパーカーに青のデニム、足元はグレーのスニーカー。二十代に見えるが北欧系だとあれで実際は十五、六歳かもしれない。警察官の習慣で咄嗟《とっさ》に人着を確認してしまうが、そうしながら思い出していたのはアミリアのことだった。綺麗なブロンドを見たせいだろう。アミリア・モンロー・スチュアート。当時は珍しい女性の留学生で、彼女が日本に留学していた三年の間、交際して別れた。おそらく今も英国に住み続けているのだろう。今になっては印象に残ったいくつかのシーンしか思い出さないし、もっとも印象的なのは別れ話の時の顔だった。

――この世界は複雑だけど、私たちの問題はとてもシンプル。私にもあなたにも、この愛より大事なものがあった。ただそれだけよ。

今となっては、そう言って寂しげに微笑んだ時の顔が最も美しかった気がする。時々考える。もしあの時、彼女と一緒に英国に渡っていたら。警察官になっていなかったら、どんな人生になっていたのだろうか。

つい苦笑してしまう。三十年も前の話をよく思い出すものだ。あるいは彼女にももう、あのくらいの歳の息子がいるのかもしれないのに。

そう思って前を行く金髪の男に視線を戻すと、何か引っかかることがあるのに気付いた。歩く速さ。視線。手ぶらの様子。交番時代からずっと磨いてきた、「何かある奴《やつ》」を見抜くための直感が働いている。もう退勤後なんだが、と思うが金髪の男はするりと路地に入っていく。脚が自動的に、適切な距離を置いて尾行する態勢になっている。外国人がこんな時間に手ぶらで、戸建て以外何もない路地に早足で入った――となればなるほど少し妙だが、そうした理屈を意識したのは一拍後で、体の方は反射ですでに動き始めていた。警察官の「仕事始め」は、頭で考えていては遅すぎる。

路地に入ると金髪の男の背中はすぐに見つかった。このあたりには戸建ての住宅しかない。住人たちは昔から住んでいる人間が多いし、そもそも駅方向からでなく反対側からここに向かうという事情は想像ができない。どうやら残業が延びそうだった。見失わないぎりぎりの間をおいて追跡を続ける。だが厄介だった。もともと人通りの少ない路地での尾行は単独では困難なところ、前方の男は通常の通行人よりだいぶ早足で、無理をしてついていこうとすれば目立ってしまう。振り返られた時点で尾行は終了、職務質問《バン》をかけることになるだろう。場合によっては応援を呼ぶか清瀬署に任同を求める。

男は早足で路地の奥へ曲がっていく。空き巣かその下見か。だがまだ午後八時前だという点もある。通常は住人が帰宅し、家の中で動き回っている時間帯だ。居空きにしては早すぎるし空き巣にしては遅すぎる。それに男の歩き方からして、どこかに定まった目的地があるようだ。

角の電柱のところで止まり、相手との距離を頭の中に浮かべながら待つ。目的地、と考えて思い出した。この先にはたしか、殺人事件の現場があったのではないか。清瀬市アパートＯＬ殺害事件。未《いま》だにＯＬなどという単語を使うあたり誰がつけた戒名なのかなんとなく想像がつくが、清瀬署に特捜本部が立ったばかりの大事件だ。だがあの事件の関係者は被害者の「ＯＬ」とその夫や弟、といった親族ばかりだった。北欧系の外国人の出る幕はなかったはずだ。

俺が不審に思うのと反対に、男は塀をひらりと乗り越え、当然のようにバルコニー側から現場の敷地内に入った。

思わず駆け出した。こいつ、何をしている。このアパートには四部屋しかない上に現場となった１０２号室の玄関側には現場保存のため誰かが立っているはずだ。つまり、明らかに男は現場に何か用があって、ばれないよう敷地に侵入したのだ。だが目的が分からない。野次馬ではない。事件現場を狙った空き巣というのがあるのだろうか？　とにかく塀に手をかけて飛び越えようとするが、この高さでは脚を引っかけて転びかねない。仕方なく手前の段差に一度足をかけ、塀にまたがるようにして越える。つい舌打ちが出た。俺の体はいつからこんなに重くなった。可動域も狭くなっている。

「おい。待て」

バルコニーによじ登ろうとしていた男に声をかけながらベルトを摑《つか》む。すでに実行の着手あり。住居侵入の現行犯だ。

だが手に力を込めた瞬間、顔面に踵《かかと》が飛んできた。とっさにのけぞった額をスニーカーの靴底がかすめ、風圧とちりりとした摩擦感が残る。

「おい。こら」

身構えて摑みかかる。右袖と左襟を取って倒すつもりだったが膝蹴りを入れられ、衝撃とともに全身が発火する感覚があった。構える。この野郎、という感覚。交番時代にはよくあったが、所轄から捜査一課に、さらに国際犯罪対策課に移るにつれていつの間にか減っていた懐かしの感覚だ。全身の毛が逆立ち、クソガキが、ナメんじゃねえぞ、という知性のかけらもない語彙《ごい》が頭の中を駆け巡る。原始的な闘争本能で血流を上げ、目の前の敵を物理的にブッ倒すための暴力モード。久し振りのわりにスイッチが一瞬で入ったことに自分で驚いたが、その間に男は構えをとって間合いを詰めてきた。襟を取ろうと思ったら逆に取られた。強い力で引き崩され、顔面を殴られる。目の前に火花が散る。それと同時に投げられていた。芝生の上に背中から落とされる。

咄嗟に受身をとり、敵の袖をたぐって引き寄せ、顔面にパンチを入れた。男が離れる。その間にこちらも立ち上がり対峙《たいじ》する。

「Paska.」

「くそが」

応援を呼ぶ余裕はない。顔を押さえている男に突進し、両襟を掴んで顔面に頭突きを入れる。鼻面《はなづら》に入れたつもりだったが額で受けられ、勢いよくぶつかった硬い感触に目がくらんだ。袖を引かれ、大外刈をかわしたと思ったら連続で支釣込足《ささえつりこみあし》を入れられ体が宙に浮く。受身をとらずに相手にしがみつき一緒に引き倒した。仰向《あおむ》けに倒れたら上から金髪が覆いかぶさってきた。のしかかって袖車を入れようとしてくるのを背中をずらしてかわし、下から襟を取って襟締を入れた。男の目が見開かれ、むこうも上からこちらの襟を取って絞めてくる。こうなれば意地の張りあいだった。絶対に先に落としてやる。男も歯を食いしばっている。緑色の目がこちらを見ている。少年か、と思った。存外に綺麗な顔だが左頬にはすでに痣《あざ》ができている。だが見ているうちに絞めが強くなる。俺は足を伸ばし、アパートの壁を探り当てて思いきり蹴った。男の視線がそちらに向くともう一度蹴った。思いのほか激しい音がした。男は舌打ちをして手を離し、俺の腕を引きはがしながら起き上がると塀を乗り越えて逃げていった。むせながら立ち上がる。だが体の痛みと咳《せき》で、走って追いかけることはできなかった。

「くそっ、痛え。……何なんだあいつは」

とにかく通報しなければならなかった。携帯で１１０番しようかと思ったが、表の玄関にいるはずの警官に事情を話して無線を使う方が早いかもしれない。俺はむせながら歩き出す。何のためにこんなところに、とは思うが、住居侵入未遂に暴行。公務執行妨害はつけられるだろうか。目立つ男だし、左頰にキスマークもつけてやった。すぐに捕まるだろう。

2

警察官の仕事には不可解なことが時折ある。政治家の息子の交通違反がなぜか存在しないことになったり、いよいよ逮捕という段階になったら突然、上からの電話で捜査打ち切りになったり、打ち切りにした奴が急に出世したり。そういう不可解さに嫌気がさして辞めていった同期もいるが、俺は残った。志はない。単に再就職が面倒だっただけだ。

だが今回の不可解に際し、俺は本気で退職を考えていた。一体何だ、これは。

「おい。あのオレンジの看板は何のレストランだ？　さっきから何度もある」

「牛丼屋だ」

「それにしても道にゴミが落ちていないんだな。ゴミ箱はないのに。みんな外でゴミが出たら一体どうしてるんだ？」

「持ち帰ってるんだよ」

「おい、あの車は何だ？　やたらと人の名前だけを繰り返しているが、何の意味があるんだ？」

「選挙カーだ。何の意味があるのかは俺も知らない」

仏頂面で腕組みをしているなら表情に合わせて黙ってりゃいいものを、助手席に座る金髪の美少年はいちいち外を見ては反応し、不機嫌な声色のままはしゃぐという妙なことをしている。年齢はあとで検索すれば分かるだろうが、どう見てもまだ十五、六だ。であれば年相応と言うこともできるが、それなら年相応に親と一緒に観光していればいいわけで、こんな状況はおかしい。違うだろうか。

　国際犯罪対策課第一国際犯罪捜査四係の捜査員である俺は今、なぜか運転手をし、殺人事件の現場に向かっている。捜査のためにだ。わけがわからない。それでも丁寧に速度を落とし、ウィンカーを点《つ》けて左折する。

「おい、今のはカラスか？　日本のカラスは本当に真っ黒なんだな」

「なあ、おい」アクセルを踏む。「俺たちは殺人《コロシ》事件の現場に向かうんだ。殺人事件ってことはだな、殺された被害者《ホトケ》がいるってことだ」

「なるほど。事実上、日本の国教は仏教というわけだな？」

「そういう話をしてるんじゃねえよ。やっぱりどうしても納得がいかない。なんでわざわざ、あんたがこんなことをしなきゃいけないんだ？　観光してりゃいいだろう」カーナビを見ながら付け加える。「王子様なんだろう？」

「王子だからだ。国際刑事警察機構《ICPO》から説明を受けただろう。聞いていなかったのか？」

「聞いたよ、説明は。あれをすんなり受け入れるような奴は刑事より牧師が向いている」

そう。確かに説明された。なぜ北欧、メリニア王国のミカ第三王子が俺の運転なんかで殺人事件の現場に向かうのか。それも、左の頬に立派な青痣《あおあざ》をつけて。


「本郷さん、ちょっといい？」

デスクにいる時、係長にこうして声をかけられることはよくあるが、「第三種」なのでだいたいの用件は予想がついた。係長の声のかけ方には三種類あり、自分のデスクに座ったまま声をかけるのは「第一種」、立ち上がって手招きをするのは「第二種」、自ら係員のデスクまで出向いて声をかけるのは「第三種」と、四係《ウチ》の若い奴らが言っていた。まだ学生気分なのかと思っていたが、これがなかなかどうして有用だった。うちの係長は声のかけ方で用件の種類がほぼ１００％予想できたからだ。俺に対する「第三種」はほとんどが「個人的な通訳の依頼」だった。通常は通訳センターに頼んで人を出してもらうものだし、そもそも逐次通訳が怪しいレベルの俺より専門家の方がいい。だが「刑事同士でないと連携が取りにくい」と頑《かたく》なに信じ込んで民間通訳人はもとより警察行政職員である通訳官すら避けたがる人間がいたり、ちょっとした用件で慢性人手不足の通訳センターに人を出させたくないという配慮から、「ならうちの本郷に」という話になることはよくあった。こっちだって暇じゃないのだが。

だが蓋を開けてみると今回の声かけは「第三種」ですらなかった。係長は「課長がそちらでお待ちだから」とドアの外を指し、自分もついてきた。どういうことだ、と思ったが、メタルフレームの眼鏡を光らせて廊下にいたのは紛れもなく俺たち国際犯罪対策課の課長《ボス》、時代劇めいた顔と名前で知られる大岡兵衛《おおおかひょうえ》警視正だった。ご本人だ。しかもなぜか単独で来ている。

課長は眼鏡の位置を直してこちらを観察する。「君？」

「は」直接、言葉を交わしたのはほとんど初めてだ。敬礼するしかない。「第一国際犯捜査四係所属、本郷馨巡査部長であります」

「ん」課長は最低限だけ応じると、俺にちょいと手招きをしてから歩き出した。「じゃ、どうも」

こちらをろくに見ない課長と、とにかく付き従うしかない俺を係長が敬礼して見送る。これは何だ、と思った。「やらかし」によるお叱りや何かなら係長で充分だから、悪い何かではないのだろう。だが使いでなく課長本人が、単独で末端のいち捜査員を呼びにくるとは、どういうことだろうか。課長は通りがかった職員に敬礼されながら廊下を進み、当然のようにエレベーターの「上昇」のボタンを押している。俺が操作すべきだったが行き先が分からず、課長も自分でとっととボタンを押して五階に上がる。

……これはつまり、昨夜の件についてか。

そこに気付かないほどぼんくらではない。昨夜の事件処理は明らかに異常であり、裏で一体何があったのかと気になっていた。

金髪の男を取り逃がした俺は、アパートの玄関前にいた現場保存役の巡査をつかまえて無線を借りた。連絡を受けて近隣の交番と清瀬署の刑事課から合計三名、来た。俺は事情を説明し、現場に侵入しようとしていた金髪の男が事件に関係している可能性もふまえて特徴を伝えた。

だがその約二時間後、帰宅して風呂から上がった直後に、係長から電話が入った。「今夜の件は解決したから誰にも言わないように」と。

警察という組織は通常、被害者や捜査協力者に対し、その後の捜査の進捗状況をいちいち伝えたりはしない。そんなことをする余裕も理由もないからだ。つまり、係長がわざわざ電話を入れてきた本意は「解決した」ではなく「誰にも言わないように」の方にあるのは明白だった。警察官である俺は組織の犬としての本能に忠実に、それに従った。だが犬でも頭は使っている。政治家でも絡んでいるのだろうかと想像してはいたのだ。

……そこに来たのが課長《これ》だ。しかも、行き先は。

予想通り、連れていかれたのは課長よりさらに上の組織犯罪対策部長室だった。係長課長部長と順繰りに上の人間が出てくる。しかもなぜか課長自らが「使いの者」の役をしている。もはや口を挟める空気ではなく、俺は発言を求められるまではとにかく黙っていようと決めて室内に入る。名乗って所属を告げると、デスクの部長《大ボス》はなぜか俺を上から下まで舐めるように観察してから頷いた。しかも、買ったばかりの新しいゴルフセットを愛《め》でるようににこにこしている。まったく心当たりがなかった。

応接セットのソファに座っていた女性が立ち上がった。
なんだこいつは、というのが言葉に出さない感想だった。無味無臭の人間――というより、まるで精製水のように、無味無臭すぎるがゆえにこちらの味覚が勝手に苦く感じる、とでもいうような印象を受ける顔立ちだった。メタルフレームの眼鏡の奥にあるのは徹底した無表情で、今のこの場は無表情に「なっている」というのでなく、もともと表情がないような顔をしている。整った仕草と伸びた背筋も、美しいのではなく無機質に見える。こいつを二十人複製してダンスをさせたら、きっとCGのようにぴったり動きが揃《そろ》うのだろう。それなのに服装が奇妙だった。場違いにカジュアルで、レースのワンピースに鶯色《うぐいすいろ》のカーディガンを羽織るという、デートにでも行くような恰好《かっこう》なのだ。工業用ロボットに無理矢理服を着せたようで、ファッションというより「被覆」という感じがする。これは間違いなく、俺がこれまで見たことのない立場の人間だ。それが分かって反射的に警戒した。

その予想は当たっていた。女性は名刺を出した。「刑事局組織犯罪対策部国際捜査管理官補佐、敷島《しきしま》です」

女性は無表情のまま、長い役職名を一定のトーンで言った。役人ではないかとは思っていたが、警察庁職員《身内》だったのだ。しかも国際捜査管理官といえば、ICPOとの窓口になる国際捜査の統括者だ。その補佐官だという。異次元すぎてよく分からない。だが課長《うちのボス》がかしこまっているあたりからすれば本当のようだった。

もちろん納得のいく、いかないは関係ない。俺個人の疑問もだ。警察官《イヌ》としては、ボスが頭を下げているというだけで敬礼する理由になる。俺はそうした。

敷島も部長同様、俺を上から下まで品定めした。それから右頬のあたりに視線を留める。弱点をスキャンされているようで嫌な気分だった。「……お顔のその痣は、どうしました？　新しいですね」

「家の近所で少々、でかい犬にじゃれつかれました」

「エルクハウンド《鹿猟犬》ですか。可愛《かわい》いですよね」

無表情のまま言うので不気味だった。なんだ、と思う。事情を知っているなら質問する必要はなかったではないか。「保健所からは昨夜、電話がありましたが」

「その件の続きです」敷島はバッグからタブレットを出し、こちらに渡してきた。「これを」

「拝見します」

渡されたタブレットを見て眉をひそめた。表示されていたのはＩＣＰＯの発行する国際手配書だったからだ。分類は「赤」[*1]。容疑は「複数の殺人教唆《きょうさ》及び幇助《ほうじょ》」。だが奇妙だった。年齢22歳、

＊1　赤手配書（Red Notice）。ＩＣＰＯの発行する国際手配書は目的ごとに色で区別されていて、「赤」は逃亡班の逮捕・引き渡しを求めるもの。他に行方不明者の情報を求める黄手配書、爆弾や危険物等についての警告をするオレンジ手配書等がある。

身長174cm、体重61kg。髪の色は「金」で瞳の色は「緑」とまで明記されているのに、なぜか対象者の顔写真どころか似顔絵もない。そして氏名は。

「『ジョン・スミス』……」

明らかに偽名だ。通称ですらなく、ほぼ「不明」と同義だった。国籍の欄を見る。

「『メリニア王国』……ですか」

「ご存じですか？」

「北欧、フィンランド湾内にある島国ですね。人口規模は百万人程度。日本とは特に国交が盛んというわけではなかったと記憶していますが」

「思ったより話が早いですね」敷島は無表情のまま親指を立てた。無表情すぎて、それがハンドサインだと分かるまで一秒かかった。顔と動作が合わなすぎる。「ではシンプルに言いましょうか。メリニア王国のミカ第三王子が非公式に来日中です。彼と協力して、この『ジョン・スミス』を逮捕してください」

「はあ」間の抜けた声が出た。「……いえ、そのジョン・スミスはなぜ日本に？」

「不明です。単に日本のアニメが好き、といった理由かもしれません」

「そんな馬鹿な」

俺は普段、上からの命令にこんな返答はしない。だがこの時はさすがにこうなった。何を言われているのか一つも理解できない。

訊《き》き返そうとした時、ドアが丁寧に四回ノックされた。

「あ、ちょうどいらっしゃいましたね」敷島は無表情のまま、ドアを振り返りもせずに呼んだ。

「どうぞ」

ドアが開いて現れたのは、スーツを着て左右に男を従えた、金髪の美しい青年だった。左右の男に手を挙げて下がらせ、一人で入ってくる。

敷島に続いて「異質な人間」が来たと思った。だがこちらには無色透明の印象はなく、逆にすさまじく存在感がある。部長や敷島もそれぞれのオーラを出してはいたが、青年の纏《まと》っている空気にはまた違った圧があった。線が細くすらりとしているが繊細で頼りない印象ではなく、精巧に作られた細工物だから無闇に触れてはならない、といった感覚の方が近かった。不思議なことに、似たようなスーツを着ている組対《そたい》のおっさんたちと比べると「画材が違う」という気がする。俺を含めた警察のおっさんたちは油性マジックでチラシの裏に描かれたラフスケッチだが、この青年は金細工に縁取られた細密画《ミニアチュール》だ。それほどまでに立ち姿の印象が違う。これは単に「顔が整っている」というだけではなく。

だが顔を見て気付いた。左頬に痣がついている。そしてこの顔は。昨夜は暗がりでしか見ていなかったが……。

「……おい」

青年の方もこちらを見て目を見開いた。ということは、信じられないが間違いがなさそうだ。

こいつは昨夜殴りあった不審者——金髪の男だった。

どういうことだ。なぜ昨夜の男が、被疑者のくせにここにいるのだ。つい眉をひそめたが、男の方も俺を見て顔をしかめた。

「本郷さん、ご紹介しますね。こちらが非公式で来日中のミカ第三王子。公名をMika Päleekä《ミカパレーカ》 köresaarivilleti《コレサーリヴィッレティ》です」

「Hey, Ms.Shikishima!」金髪の男はいきなり声をあげると大股で俺の横を抜け、敷島に向かって両手を広げた。「Alä Viitsi!《アラヴィーツィ》 Is this the person you mentioned?《こいつなのか》 Seriously?《マジで》」

俺を親指で指している。そういえば昨夜も何か口走っていたが、あれはフィンランド語に近い北欧言語だった。とすると、こいつが本当にメリニアの王子らしい。もちろん、敷島に言われてもすぐには信じられなかった。北欧の王族というのはファンファーレも赤絨毯《あかじゅうたん》もないのに、こんなふうにいきなりポンと現れるものなのだろうか？　だが課長だけでなく部長も立ち上がり、入ってきた男に対し、最上級のきちんとしたお辞儀をしていた。

敷島の方はわりと平然としていた。「Yes, may I introduce him to you?《ご紹介しても》」

「Uskomatonya!《ウスコマトニャ》 No need.《いらない》 I already know everything.《もう知ってる》 He is a slug.」

「おい誰がslug*2だ。You thought I didn't get it?《聞こえてるぞ》」

つい口から出ると、男はこちらを振り返った。「これは失礼。あんたでは格不足だと率直な意見を申し上げたまでだ。家でゆっくりミトンでも編んでいてくれ」

予想以上に日本語がうまい。メリニア人なら母語はメリニ語、第二公用語は英語といったところだろうに。

だがそんなことより、昨夜何をしていたかの方が問題だった。「あんた本当に王子様か？　メリニア王国では外国訪問時に不法侵入するのが習わしなのか」

「あんたこそ敷地に入る前から僕に目をつけて尾行していただろう。目をつけたのはなぜだ？『ガイジン』だからか」

「誰がレイシャルプロファイリングなんかするか。[*3] 歩き方が怪しすぎただろうが。いきなり蹴ってきやがって。メリニアってのは蛮族の国か？」

「反射的に身を護《まも》っただけだ。いきなり摑んできたのはそっちだよな？　そのくせ負けて伸びてたわけか。それじゃやっぱり仕事にならないな。弱すぎる」

「ミカ王子」敷島が常温の声で呼ぶ。「お顔のその痣はどうされました？　新しいですね」

＊2　ナメクジ。「のろま」を指すスラングだが少々古い。

＊3　外見が「典型的な日本人でない」というだけの理由で職務質問をしたりすること。要するに人種差別であり、海外でもアメリカの「ブラック・ライヴズ・マター」など大きな問題になった。職務質問には要件として「不審であること」がなければいけないので、単に外国人っぽい外見、というだけでは違法になる。

顔の痣を示され、王子は嫌そうに顔をしかめた。「散歩中に少し、でかい犬にじゃれつかれただけです」

「あはは」敷島は無表情のまま不気味に笑い声を発した。「柴犬《しばいぬ》でも意外と重いですからね」

王子は口をとがらせて目をそらすが、まだ不満そうだった。「他に適任者はいないんですか」

俺も頷いた。「お言葉ですが、本官も同様に思います」

「見た限りでは、息がぴったりのようですが」

「Miten niin?《ミテン ニーン》」

「どこがですか?」

「やはりぴったりです。大変な幸運ですね」敷島はなぜか頷いている。なのに表情が変わらない。鉛の表情筋だ。「ひとまず、本郷さんには事情を説明しないといけませんね」

敷島は部屋の隅に置いてあったホワイトボードを引き出そうとしたが、絨毯の毛足が深いせいでキャスターがうまく転がらないことに気付き、「うんしょっ」と唸《うな》って持ち上げた。予想外に怪力だった。備え付けのマーカーがバラバラと落ち、俺と王子がせかせかと拾って戻す羽目になる。

「まず、ですね。メリニア王国のミカ第三王子は現在、怪我《けが》をして療養中、ということになっています。公務はお休みしていますし、本国では影武者が代理をしています。ですので今ここにいて、これから日本で捜査活動をするこの方はメリニア王国のミカ第三王子ではなく『ICPO経由でドイツ連邦刑事局《BKA》からやってきたユリアン・フォーゲル捜査官』、ということにします」敷島は赤のマーカーを取り、無表情のままなぜかホワイトボードに「ニコニコ笑うお日様」の絵を描きながら言った。「ですが、王子の外見は日本では目立ちすぎますよね。当然、ＢＫＡ捜査官だと名乗らない場合でも、行く先々で『どういう関係の方ですか?』と訊かれます。その時に答えられるようにしておかなければならないわけです」

敷島は青のマーカーを取り、お日様マークの隣に雨雲のイラストを描いた。意味が分からない。それから俺を見る。「だから本郷さんが適任なんです。国際犯罪捜査課員で、一時的にでも捜査一課にいたことがあり、英会話が可能。それに加えて一時期、英語圏の方と交際していたことがある」

アミリアの顔が浮かぶ。隠すようなことではないが、不快感があった。いつの間に調べられたのか。だがこういう組織だった。

「ですからミカ王子、もといユリアン・フォーゲル捜査官は、一般市民を装う場合はアミリア・モンロー・スチュアートさんの息子であるマーカス・モンロー・スチュアートだということにしてください。『昔の恋人の息子が訪ねてきている』という設定なら、まだなんとかそれらしくなりますから」敷島は雨雲の下にカエルを描いた。「というわけで、さすがにここまで条件が厳しくなると、本郷さん以外に適任者がいないんです。ご理解いただけましたでしょうか」

「その絵以外については」頷くしかなかった。「ちなみに、アミリアは元気にやってましたか」

「それはプライバシーです。お教えできません」

こういう組織だ。溜《た》め息《いき》しか出なかった。

「……で、そうまでして非公式にしなければならない理由は何です。それに王子様御自《おんみずか》ら捜査なんてしなければならない理由は」

「『ジョン・スミス』は政治マターだからです」敷島はカエルの隣にチューリップを描こうとし、バツをつけて消すと代わりにスイセンを描いた。なぜこだわる。「もちろん最重要機密ですが、簡単に説明しますと、『ジョン・スミス』はいわゆるメリニアン・マフィアと共同しています。メリニアの経済構造についてはご存じですか？」

首を振る。冬には凍るフィンランド湾に浮かぶ小さな島国。資源があるという話も聞かない。だが国民一人当たりの平均GDPはそこそこ高かったはずだ。

「お察しの通り、メリニアはタックス・ヘイヴンです。近年、IT産業の育成に力を入れてはいますが、あの国で一番力があるのは依然メリニア国際銀行《MIB》とその関連企業群です」

そんな言い方をしていいのかと気になったが、王子は当然という顔をして無言で聞いている。

「タックス・ヘイヴンについてはよろしいですよね？　法人税を無料、または極めて低く設定し、海外企業の本籍を名目だけそこに置くことで、企業は地元国の法人税を払わずに済ませ、タックス・ヘイヴン側は手数料の支払いなどを得る。両者にとってはwin-winですが、要するに脱税です。大きな利益を出し、最も多く税を支払って社会に還元すべき大企業や富裕層だけが税負担を免れ、より貧しい層がその分の負担を上乗せさせられている。同時に、海外から入り、また出ていく資産の流れがブラックボックス化されている。つまりマネー・ロンダリングが公然と行われ、反社会的団体が収益をあげる手伝いをしている」

王子を窺《うかが》うが、王子は腕を組んで「Ollan kylästynyt《オラン キュラステュニュト》」と呟《つぶや》いただけだった。

「それを一手に引き受けているのがＭＩＢですが、当然ながらこの銀行はメリニアンマフィアと深く結びついています。メリニア国内でも有識者や一部国民はこのことを問題視していますが、大きな声は出せない、というのが現状です。電力、鉄道、スーパーマーケット、携帯電話。メリニア国内ではほとんどの業界においてＭＩＢ関連企業がトップシェアを誇っています。このグループに睨《にら》まれれば生活が成り立たなくなるので、誰も逆らえません」

「うちは『政治的発言をする王室』だ。だからずっと前から懸念を表明している。国内では報道されないけどな」王子が腕を組んで言った。「議会や官僚を含め、ＭＩＢの周辺は汚職と腐敗のシチューだ。貧富の差は治安悪化その他に繋がるし、単一のグループによる独占状態は国内企業の競争力低下に繋がる。そもそも不公正を固定化するタックス・ヘイヴンは世界全体にとっての害だ。優秀だからではなく、脱税で浮いた資金のおかげで特定企業がトップに居座り続けることになれば、世界的に技術・経済の停滞が生じるからな。甘い汁を吸っているのはマフィアと汚職政治家、それに一部の金持ちだけで、それ以外の全員が損をおっかぶせられる構図さ」

平坦な口調だった。視線は目の前のホワイトボードに向いていたが、その目は地球の反対側にある祖国を見ている。

「現状、王室といえどもＭＩＢに対し表立って敵対行動はとれない。だが奴らに対してしがらみがないのは伝統的に国民から絶対的な支持を得ている王室だけだ。だからこの国に来た。王室庁の手で『ジョン・スミス』の犯罪と、ＭＩＢとのつながりの証拠を摑んで海外メディアにリークする。国内メディアが揃ってＭＩＢ派である今、祖国の腐敗と停滞を打破するにはこれしかない」王子がこちらを見た。「奴らは必ず潰す。小さな国でも、百万人の国民がいるんだ。王族はその未来のために奉仕しなければならない」

沈黙するしかなかった。確か十五、六歳の子供のはずなのだ。だがその顔はまぎれもなく様々なものを背負わされていた「王族」のそれだった。まだ少年とすら呼べる年齢。大抵の日本人なら親の脛《すね》をかじって友達とバカをやるか一日中ダラダラして過ごしている年頃だ。

「……だが、なぜあんたがやる。王子自らが動く必要がどこに？」

「聞いてなかったのか？　動けるのは王室庁だけなんだ」俺より背の低い王子が、こちらを見下ろすように言う。「王族の権威は建国よりはるか以前からのものだし、王室庁の前身は中世から変わらず王族に仕えてきた側近の会議だ。王族以外の命令で動いたらむしろ問題だろう？」

「……失礼した」

とは言ったが、そんなことも知らないのか、という口調で言われると釈然としない。ついでに敷島が頷きながらホワイトボードに描いているペンギンの理由も分からない。

「まあ、納得がいったところでだね」デスクから部長が言った。まだにこにこしている。見ていなかったが、ひょっとしてこれまでずっとにこにこし続けていたのだろうか。「本郷薫巡査部長。君はしばらくこちらで預かる。ミカ王子……ユリアン・フォーゲル捜査官と協力し、『ジョン・スミス』を逮捕してもらいたい」

納得など全くしていないが、雲の上からもたらされた命令だ。断る、断らないの話ではなかった。本物の王子様とコンビなど冗談のようだが、メリニアの人口は山形県と同じくらいだ。山形県知事に随行する、と思えばいいのかもしれない。俺は敬礼し、自分の立場で可能な唯一の返答を口にした。

「拝命します」

3

信号が黄色に変わったのを見てアクセルを離す。

「……あんたの国の内情は分かったが、まだ説明が足りていないぞ」

助手席の王子は窓の外を見たままだ。「何についての説明が？」

「あんたの不法侵入についてだ。なんであんなことをしていた？」

正直なところ、他国の王子様の扱いがこれでいいのか分からない。だが俺の発言が外交問題になるような国なら俺のごとき末端一人に王子を任せはすまいし（まあ、強制尾行[*4]みたいな距離感で車両が一台、ついてきてはいるのだが……）、すでにお互いの顔に親交の痕が残っている。気にしないことにした。『ジョン・スミス』があのアパートでの殺人事件に関与しているとして、なぜ表から堂々と入らない」

　王子も同様のようで、こちらを見て鼻を鳴らす。「あんたたちがのろまなせいじゃないか」

「ああん？」ついブレーキが荒くなった。だが王子は車が急停止しても、ほとんど姿勢を崩さない。式典で鍛えられたのだろうか。

「僕が入国したのは先週だ。にもかかわらず日本の警察庁は『対応を検討中』と言うばかりで何もしない」王子は背筋をぴしりと伸ばしたまま言った。「その間に殺人事件が起きてしまった。だからやむを得ず、できる範囲まで一人でやることにしたんだ」

「で、時間外手当を頬《ほ》っぺたに貰《もら》ったわけか」

　事情が分かってきた。ＭＩＢやメリニアンマフィアは世界中に影響を与えている。ＢＫＡの商標利用を許したドイツ連邦政府と違い、日本の政府は「警察庁」の名前を出して「ジョン・スミス」案件の捜査をしたがらないらしい。日本国内にもＭＩＢ関連企業は進出しているだろうし、ことを構えたくないのだろう。あるいは大企業か政府要人の中にも、タックス・ヘイヴンとしてのＭＩＢに「お世話になっている」奴がいるのかもしれない。となると、日本政府はこれまでメリニアの内部闘争に関し「静観」を貫き、王室庁からの協力要請ものらりくらりとかわしていたのだろう。それなのに王子が直接訪ねてきてしまった。本音を言えば王子の来日は「迷惑」なのだ。

「訪問前までは好意的に見えたんだ」王子は吐き捨てるように言った。「それが実際来てみるとこれだ。狐《きつね》め」

「よくご存じで」

どこの国だってこんなもんさ、と教えてやる気は起こらなかった。そんな親切は管轄外だ。

車を路地に入れ、現場から二ブロックほど先のコインパーキングへ停《と》める。事件への関与は非公式になる。現場の前に車両を乗りつけるわけにはいかなかった。しかし車から降りる際に王子はさっと前後を確認していたようだ。メリニアの治安や政情が心配になった。

「現場はこっちだ」

「ドードー鳥じゃない。そのくらい覚えている」

こちらを見もしないで歩き出す王子に続く。現場。……そう。王子から最初に指示されたのは

＊4　尾行者の存在を相手にわざと気付かせるタイプの尾行のこと。公安などがスパイ容疑者に対し「監視しているぞ」とプレッシャーをかけ、行動を起こさせないようにしたりする。普段の仕事と違って存在がバレてもいいので楽しい、という話も。

昨日の現場、清瀬市アパートＯＬ殺害事件の解明だった。

「しかし、なぜこの事件なんだ？　関係者も日本人ばかりだったはずだが」

普通の殺人事件だったはずだ。四日前の日曜、アパート一階の一室で三十歳くらいの女性が倒れているのが発見された。女性の名前は三山遥《みやまはるか》。現場となった部屋は彼女の弟である佐々井翔《ささいしょう》が住んでおり、普段から気軽によく訪ねていたという。つまり三山遥はたまたま弟の部屋に一人でいたところを殺害されたのだ。佐々井翔は交際中の女性と同棲《どうせい》を始めるため転居の準備をしており、被害者は弟が出かけている間、留守番をしていたところだったというから、あるいは被害者はとてつもなく不運だったのかもしれない。だが事件の概要を見ても、メリニアどころか海外とは全くつながりがないように見えた。なぜこの事件なのかと訊いても、敷島はホワイトボードに目と目の離れた不気味なイヌを描くだけで答えなかった。

答えないのは王子も同じだった。こちらをちらりと振り返り、すぐに分かる、と言った。「通常の犯罪者とは違う意図が介入している――と言うべきかな」

「普通に怨恨、強殺、でなければ強制性交《ツッコミ》目的が抵抗されて殺しちまったか」王子に対しては語彙を選ぶ必要がなさそうだ。「そのどれかじゃないのか」

「解決すれば分かる。……すぐに解決するさ」

自信に満ちた物言いに、鼻白むというより不審を感じた。当然ながら特捜本部が立っている事件だ。マスコミの注目度が高く、警視庁が総力を挙げていると言ってもいい。それでまだ解決の目処《めど》もたっていないのに、地球の反対側から来たガキが一人でやるという。単なる世間知らずか、この年頃にありがちな万能感ゆえか、あるいは。

「何か摑んでるのか？　それとも伝手《つて》があるのか」

「そんなものはない」その背中は「必要ない」と言っているようでもあった。「だが通常の事件じゃない。あんたでもすぐに分かるさ」

王子が玄関ドアの前でこちらに手だけ出してくるので、手袋と靴カバーを渡す。先輩然とした振舞いに腹が立たないでもなかったが、現場検証の常識は弁《わきま》えているようなので、助かった。

現場となった１０２号室は特に何の変哲もない八畳一間だった。東京在住の学生としてはマシな方だが、就職後の一人暮らしとしてはまずまずといったところか。玄関を入って右側が台所、左側がユニットバス。ユニットバスの手前と台所の調理台の奥に一つずつ、四角く大きな物を置いてあった跡がある。おそらく洗濯機と冷蔵庫だろう。冷蔵庫のあった場所の奥に分別式の屑籠。安アパートではよくあることだが、「ここにこれを置くように造られている」部屋に、パターン通りに物を置いていった印象だ。からからと引き戸を開けると八畳の部屋が、がらんとした印象で現れる。もとは本棚やらテレビ台やらがあったはずだがすでに運び出されており、残っているのは敷かれた水色のカーペットと中央のローテーブルと座椅子が二つ。右手前の隅に小型の屑籠《くずかご》。それだけだった。引越しの準備ですでに運び出したものも多いのだろう。手前左側、ユニットバスの壁と隣室の壁が作る最も黴《かび》臭い角、カーペットの上に白の枠線が張られている。倒れていた

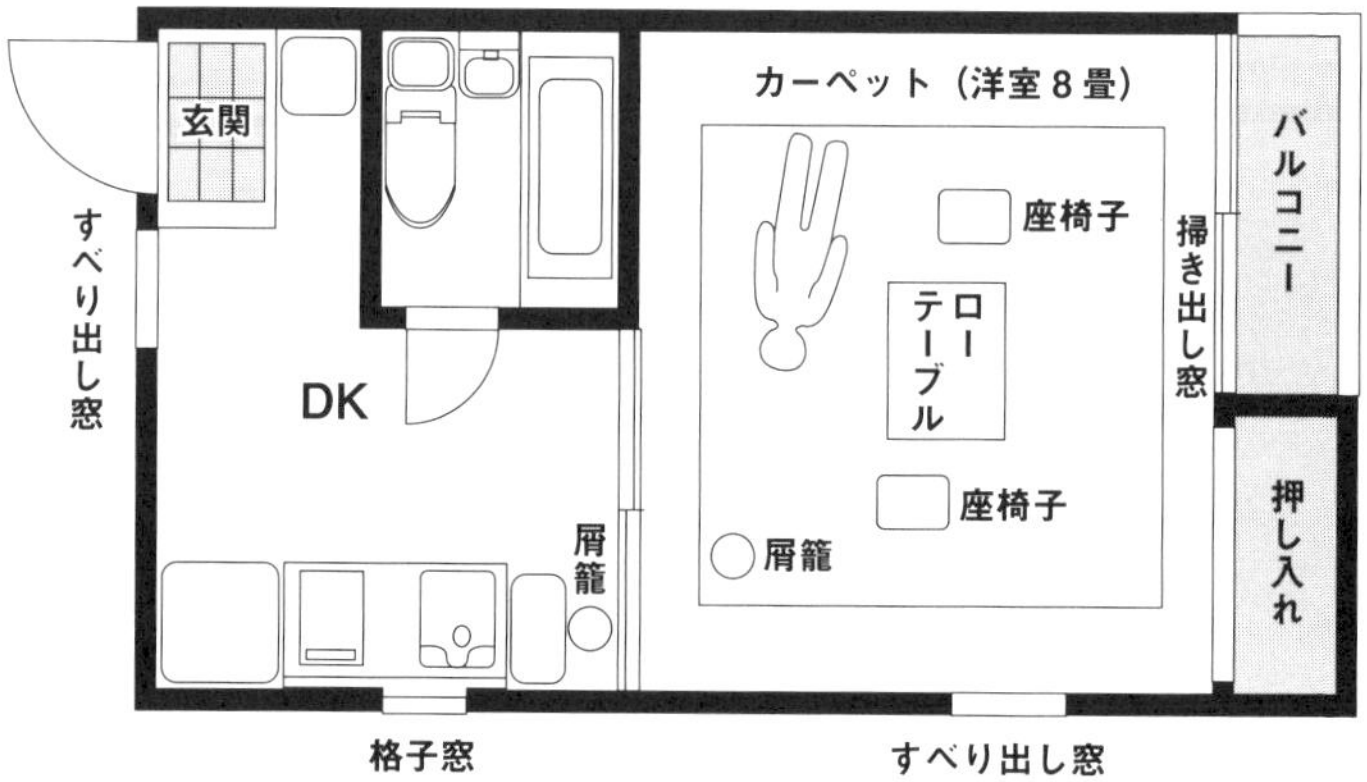

被害者の位置。少なくとも家具三つ分の存在感があった。

今は枠線となってしまっている三山遥を見下ろし、それから携帯の画面をスクロールして、敷島から送られた捜査資料を確認する。死亡推定時刻は午後十時二十分頃。死因は扼《やく》殺《さつ》で、「正面から両手で首を絞められたとみられる」というところまではっきりしている。第一発見者は夫の三山大輔《だいすけ》で、もともと現場の近所に住んでおり、電話に出なくなったので様子を見にきたらしい。だが灯《あか》りがついているのにインターフォンを鳴らしてもノックをして呼んでも反応がない。ドアには鍵がかかっている。不審に思ってバルコニー側に回り、部屋を覗《のぞ》いてみたら、カーテンの隙間から倒れている妻の脚が見えた。それで慌てて119番したのだという。

だが。

俺は向かって右側の壁に近付き、すべり出し窓を開けた。一番上まで開けて体が通るか試したのだが、ぎりぎり肩が通るかどうかといったところで、頭は絶対に通らない。玄関ドアの横にも同じサイズのすべり出し窓があるが、同じく幅はせいぜい60㎝、開くのは25㎝といったところだろう。調理台のところにも小窓はあるが、こちらは格子がついていて、横10㎝に縦50㎝程度の隙間しかない。となると。

膝をつき、バルコニーに出る掃き出し窓を検分している王子に言う。

「……確かに、通常の事件じゃない」

被害者が抵抗した痕跡はあったが、被害者の手の爪からも首の周囲からも犯人の指紋や皮膚などの組織片は出ていないという。だが死因は「扼殺」で間違いないらしいのだ。そしてカーペットの毛足が長いこと等も幸いし、被害者は死後、枠線の貼られたあの位置から動かされた形跡がないこともはっきりしている。だとすれば、三山遥の死亡時、彼女を絞め殺した犯人はこの部屋の中にいたはずだった。

だが死体発見時、室内には誰もいなかったという。

玄関ドアには鍵がかかっており、鍵は被害者のズボンのポケットに入っていた。それだけでなく、玄関はU字形のドアガードもきちんとかけられていたという。そのため救急隊はバルコニー側に回り、掃き出し窓のガラスを割って侵入せざるを得なかったらしい。掃き出し窓は建付けが悪いのかわずかに隙間ができるようだったが、鍵そのものは閉まっていたことが確認されている。このアパートは普通の間取りで、他に出入口はない。二ヶ所のすべり出し窓と台所の格子窓は鍵がかかっていなかったそうだが、見ての通り人が出入りできる大きさはない。そしてこれらは事件関係者ではなく、複数の救急隊員が証言している。つまり。

……出入口がない。なら、犯人はどこから出ていったのか。

「slugでも、そろそろ分かっただろう」

「誰がだ。それと何が言いたい」

王子は立ち上がった。少ない家具。「密室だ」

部屋を見回す。壁際の枠線。反対側の押し入れ。

「……本気で言っているのか?」

「本気も何も、客観的事実だ。それともあんたはヨーガでもやっていて、そこの窓の隙間を通れるのか?」

「ヨガはそういうのじゃねえよ」

「こういう時、Jaapani《ヤーパニ》の警察はどうする?」

「どうもしない。いつも通りさ。証拠を探して怪しい奴を取り調べる。現場にどこからどうやって出入りしたのかなんて、取調で吐かせりゃいい」

「吐くと思うか?」

「無理だな」

この「密室」が犯人の偽装により作られたものなら、犯人はまさに容疑を免れるためにそうしたのだ。トリックについて質問したところで、犯人は自分がまだ安全であることを確認して安心するだけで、むしろ逆効果になる。

「なるほど確かに、特捜本部に解決は難しいかもしれない。……だが王子さん。あんたならできるって言うのか？」

「ご心配なく」王子は台所に移動し、格子窓の格子を揺すった。「そのための訪問だ」

ガキのくせに生意気な、と思わなくもない。だがガキは生意気なものだし、王子の佇《たたず》まいは言動に比して大人びていて、ふとすると未成年だということを忘れそうになった。公務で散々着ていたんだろう。ひと目で高級品と分かるスーツやネクタイに「着られている」感じが全くなく、むしろ「仕事で着ている人間」の雰囲気があった。刑事としてさんざん人間観察をやってきた俺には見分けがつくのだ。スーツを着慣れているかどうか。いつもと同じものを着ているかどうか。今着ているような高級品を普段から身に着けているかどうか。仕事上の必要で着ているのか、純然たる趣味で着ているのか、金持ちに見せるために着ているのか。だが検索して調べたところまだ十六歳であるはずのこの王子様は、ごく自然に「スーツを着慣れた大人」の雰囲気を出していた。何と言っても、あの歳で俺よりはるかに重い責任を背負っているのだ。そう思えば、年齢だけで馬鹿にはできなかった。

……鑑識が散々やっている。現場を見たところで何か見つかるとは思えないが。

だがそれでも、俺達は鑑識とは視点が違う。鑑識が探すのは犯人の指紋や下足痕といったものであって、密室の謎を解くヒントではない。そういう目で探せば、あるいは――そう思ってカーペットをめくってみる。中心部を留めてあるだけだったので大きくめくって床面を確認できたが、フローリングには傷一つなく、もちろん抜け穴を塞いだ痕跡なんてものはなかった。王子は王子で、浴室を覗いて「こんな狭いのにバスタブを置く必要があるのか？」と驚いた後、台所に戻ってきて換気扇を回したり止めたりしている。「……異状なし、だな。窓の格子に細工をした痕跡もない」

「トリックの検証はけっこうだが、そもそも容疑者の範囲が不明だぞ。流しの強盗犯かもしれない」

試すつもりでそう言ってみたのだが、王子はこちらを馬鹿にしたように鼻を鳴らした。「本気で言ってるのか？　それとも捜査資料を読めなかったのか。難しい漢字が多いもんな」

嫌味を言われるとは思っていなかった。「卒論は『源氏物語』で書いた」

「僕は『応用的二重経済モデルを用いた北欧における移民政策の分析』だったな。なら分かっているんだろう？　流しの犯行じゃない。被害者は抵抗したのに、犯人の指紋も組織片も出ていない。つまり犯人は犯行時、おそらく手袋をしていた。それも繊維片が残るような軍手等じゃなく、偽装のために着けていたゴム手袋か何かだ」

王子は自分の手を開いて見せる。

「だが、だとすれば犯人はいつからそれを着けていたんだ？　玄関で被害者に招き入れられた時からか？　現場に指紋を拭き取った痕跡が一切ないとなれば、そういうことになる。だがそんな怪しい人間を、一人きりの時に部屋に上げる女性がいるか？」

思ったよりきちんと状況を理解している。正直なところ、メリニアの状況を聞いても、主役は王室庁のスタッフで、王子はお飾りだと思っていたのだが。

王子は人差し指を立てる。「少なくとも犯人は顔見知りだ。だがここでも矛盾が生じる」

俺が続きを言った。「たとえ顔見知りでも、手袋なんかしてりゃ怪しまれる。それに、引っ越し作業の手伝いか何かの、あらかじめ手袋をして訪問しても不審がられないような用件で来た奴がいるなら、被害者以外の人間も――少なくとも部屋の主である弟の佐々井翔が把握して証言しているはずだ。犯人は今頃、清瀬署のブタ箱にいなきゃおかしい」

「そういうことだ。なんだ、思ったよりきちんと状況を理解しているじゃないか」王子の方が言ってきた。「なら続きを言ってやるよ。犯人が最初から手袋をつけていた、というのは考えにくい。計画的な犯行だというならそもそも扼殺なんて手段は採らず、紐《ひも》の一つも用意しておくはずだからだ。それなのに現場には特に指紋を拭き取った跡がない。犯人は指紋のないナメクジ人間か、あるいは……」

「……指紋が現場に残っていても不自然でない人間。部屋の主である佐々井翔か、佐々井の引っ越し作業を手伝っていた友人の誰か、だ」

王子の後に続けて言うのはなんとなく癪《しゃく》だったが、黙って喋らせておくだけというのはもっと癪だったので仕方がない。「そいつがおそらくは、部屋に招き入れられてから犯行を決意し、手近にあった掃除用のゴム手袋か何かをはめてから被害者を扼殺した」

「そんなところだろうね」

王子は鼻を鳴らす。「……運転手のつもりだったが、僕の手伝いくらいはできそうだな」

「お陰様で勤続三十年なんだ」頭を掻《か》く。ある程度は認めざるを得ないようだった。接待係のつもりだったが、捜査の真似事くらいはできそうだ。親指で部屋の隅を指す。「じゃ、あれについてはどう思う」

俺が差したのは向かって右側の手前にある屑籠だった。王子はそちらを一瞥《いちべつ》すると、すぐに頷く。「位置が変だな」

気付いていたらしい。あの屑籠の位置は少し不自然だ。引き戸を開ければすぐそこにある台所の屑籠に手が届くのだから、部屋にもう一つ屑籠を置くとするなら別の隅に置きそうなものなのだ。となると、犯人が動かした可能性がある。

「被害者ともみあいになった際に倒して、深く考えずに違う場所に置いた可能性はある、が……」

言葉を切る。それならば屑籠の中身がこぼれた痕跡がありそうだが、そういうものは出ていないらしい。たまたま空だったか、目視で回収できる大きなゴミしか入っていなかった可能性もあるが。

「……言っておくが、気になったことすべてに意味があるとは限らないぞ。現実の事件には、意味のない痕跡なんていくらでもある。ミステリじゃないんだからな」

王子はなぜか「ミステリ」と言った瞬間にぴくりと眉をひそめた。

「分かってるさ。だから虫眼鏡を出して這いつくばったりせず、常識的な捜査をする。……次は関係者の聞き込みだ」

4

――そうですね。そのまま入って結構です。現場には話を通してありますので、「敷島」の名前を出せば通じるはずです。

「助かります」

――進展はいかがですか。王子とは仲良くなれましたか。

「どちらも。ご期待に添えず申し訳ない」

――焦らなくて結構です。「９０００回シュートを外し、３００試合負けた。試合を決めるシュートを託されて26回失敗した。何度も何度も失敗してきた。それが成功した理由さ」[*5]。９００

０回失敗してください。

「遠慮します」26とか３００とか他に数字が出ていただろうに。

——では、引き続きよろしくお願いします。

敷島が電話口のむこうで、またホワイトボードに何か描いている気がした。ずっと警察庁で現場経験がないのか、特捜本部の立っている殺人事件だという緊張感が感じられないんだ。だが仕事は早かった。王子が事件関係者から話を聞きたい、と伝えると、すぐに三山大輔がいるホテルを紹介してくれた。被害者の夫で第一発見者だ。ホテルの部屋への出入りは厳重に制限されていたが、ほぼ顔パスで入ることもできた。そして事件のあった日、佐々井翔の部屋を訪ねていた三山遥の友人二人に関しても、自宅を訪ねて話を聞けるよう、すでにアポイントを取ってくれているということだった。おかげでそちらにも今日中に行けるだろう。なにしろ。

ドアを開けて部屋に戻る。……三山大輔がこの調子では、もうそれほど聞くべき話は残っていなそうだからだ。

後ろ手で閉めたドアの小さな音で、王子がこちらを振り返った。眉間に皺《しわ》が寄っているが、それが何によるものなのか。俺は黙って隣に座り、ベッドに座ってうなだれている三山大輔を見る。

三山大輔はずっと無言だった。時々大きく息を吐き、鼻をすすり、肩を震わせてしゃくりあげたかと思うと顔を押さえて泣く。話など聞ける状態ではなかった。第一発見者であり、首を絞められて死んでいる妻の姿を目の当たりにしているのだから、当然だった。こいつ自身がそれをやったのであろうと、なかろうとだ。扼殺死体の顔がきれいであるケースは少ない。

だがそれでも、やることは変わらなかった。沈黙したまま相手の言葉を待っている王子を措《お》き、俺はなるべく事務的に聞こえるよう声をかける。「何度も繰り返しで申し訳ありませんが」

王子がこちらを見る。黙っていても三山大輔は喋り始めたりしないし、俺たちの給料は税金から支払われているのだから、その分ちゃんと汗水を流さないと納税者が納得しない。明るい社会は納得のいく納税から、だ。

「何でもいいんです。現場を見て気付いたこと、おかしいな、と思ったことはありませんか？全然関係のないことでもかまいません」

三山大輔はまだ俯いたまま黙っている。脚はやや開き、両手は脚の間で軽く組んだまま、力が込められることも抜かれることもない。

「どんなことでもいいです。あなたがお話ししてくれれば、その分だけ捜査が進む。奥さんを殺したクソ野郎を捕まえて、正しい裁きを受けさせることができます」特に感情は込めない。ただの事実だからだ。「奥さんの仇《かたき》をとりましょう。それをしてあげられるのは、世界であなただけです」

三山大輔の手がぴくりと動いた。頭がより深く落ち、しかししばらくの後、長い溜め息が吐き

＊5　マイケル・ジョーダン（バスケットボール選手／1963〜）。

出された。

「……すいません。それでも、何も思い出せません」

三山大輔は右手でぐしゃりと髪を摑んだ。「何も言えない。ちくしょう」

王子がこちらを見る。俺たちは挨拶をして立ち上がった。


ホテルの廊下を歩きながら、王子に、事件時、現場を訪ねていたという友人の住所を伝えた。被害者姉弟とは長いつきあいになるという長田《ながた》拓海《たくみ》と、その妻の長田愛実《まなみ》。彼らは事件当日の午後、被害者から「せっかくだから空になった部屋でピザパーティーでもしよう」と誘われ、現場にいた。二人とも夕方には現場を辞したというが、その後はばらばらに行動していたらしい。

「被害者の弟の佐々井翔と、その交際相手の倉田《くらた》さくらに関しては、午後六時半頃からずっとアリバイがある。二人とも地元の友人らと『引っ越し祝い』『同棲開始祝い』で小旅行に行った後、都内の店で飲んでいたとのことだからな。容疑者は絞れる。当日の行動に裏が取れていないこの二人と、さっきの三山大輔にな」

王子は前を見たまま言う。「あんたには、あれが犯人に見えたのか」

「見えなかった。呆然《ぼうぜん》自失しているふうを装えば都合の悪い質問に黙っていることができるが、あれはそういったものでなく、本気で悲しんでいるように見えた。だが『見えた』だけだ。犯人である可能性もある」

さすがに「妻を殺された男」を目の当たりにしたのは初めてなのだろう。実際は「妻を殺した男」かもしれないが、それも初めてのはずだ。

「犯人でないならあの態度は納得がいく。だが犯人であっても、ああなることはある。殺してから後悔して、本気で悲しんでいる。あるいは自分が妻を殺したという事実に耐えられずに記憶を改竄《かいざん》し、結果として本気で悲しんでいる。でなければ、容疑を免れるために意図的にそうして、本気で悲しんでいる」

王子は目を細めて、珍しく小さな声で言った。

「……『人を殺す』っていうのは、ひどいことなんだな」

王子は失言をしたかのようにさっと顔をそむけたが、別に何かコメントするつもりはなかった。その通りだからだ。物事を理屈としてただ「知っている」のと、深く「理解している」のは違う。仕事には「理解」が必要だ。

リビングのソファに並んで座る長田夫妻は、三山大輔よりもはるかに落ち着いて見えた。受け答えはできるし、顔を上げてこちらの目を見たりもする。「配偶者」と「ただの友人」の差だと言われれば、筋は通る。だが夫の長田拓海は被害者とは高校時代からのつきあいで、青春の思い出の大半が被害者と一緒だったようだ。違う大学に進学したのにその後もつきあいが続いていたということは、よほど気が合ったのだろう。そういう友人は貴重だ。だとすれば拓海のこの落ち着きはかりそめのもので、今は妻の愛実に支えられてなんとかまともそうに振舞っているが、何かのきっかけで糸が切れれば三山大輔のようになるのかもしれなかった。人は生命活動を止めてすぐ死ぬわけではなく、まず動かなくなり、続いて「亡くなり」、その少し後に死ぬ。生命活動の停止と「死」の間に、まだ周囲が死という言葉を当てはめることを躊躇《ためら》っている段階を挟むのだ。おそらく拓海の中でまだ被害者は「亡くなっている」だけの段階なのだろう。これから死ぬ。隣で夫の背に手を添えている愛実はどうだろうか。

「……そうですね。事件の……三日前に三山から電話をもらいまして。土井《どい》がテレビ台を引き取りに来るのが午前中だけど、柴田《しばた》がオープンレンジを引き取りに来るのが夜になるから、って話で」

事務的な話だと気が楽なのだろう。拓海は淀《よど》みなく答えた。それに愛実が付け加える。「冷蔵庫と洗濯機は業者さんに任せるから午後一番ぐらいだって話でした。だから柴田君が来るまでピザパーティーでもしない？　って聞いて……」

「翔君の部屋の家電とか、みんなけっこう新しいやつだったんで、引き取り手はすぐ見つかったんです。あまりに人気だから翔君も『お前らハゲタカか！』って」拓海はうすく笑いすらした。

「まあみんな、ちゃんと引っ越し祝いは持ってくる奴らでしたけど。『Ｙｅｓ／Ｎｏ枕』って知ってます？[*6]　あれ持ってきた奴もいて」

「あれ絶対柴田君でしょ？　翔君に画像送った時、説明求められてすごい困ったんだけど」

愛実の方が夫に気を遣っているらしく、「楽しい雑談」の雰囲気が少しでもでるとすぐに食いついてくる。美人だが大人しそうな雰囲気であり、普段はもっと無口なのではないかと思えた。拓海の方も普段はもっと整った顔なのだろうと推測できるが、今はさすがに目の周囲に疲労が見える。拓海と違い、彼経由で被害者と知りあっただけの愛実の方が他人を気遣う余裕があるというのは、まあ当然だろう。

二人から聞いた事件当日までの経緯は、敷島から送られた資料と一致していた。佐々井翔の引っ越し作業に先立ち、現場となった彼の部屋の家電については友人間でオークションをしたらしいが、その譲渡日は当の佐々井翔がダブルブッキングをしていて（別の友人らと「引っ越し祝い」の小旅行に行った後、「小旅行の打ち上げ」で飲む予定になっていたのを忘れていたらしい）不在だと分かったのが事件の四日前。「落札者」の一人である柴田に当日、予定が入り、到着が夕方以降になると分かったため、被害者が一人で留守番をすることになったのが三日前。この事実はＳＮＳで共有されていたらしいが、「落札者」の土井と柴田はすぐに帰ったそうで、当日、

＊6　バラエティ番組『新婚さんいらっしゃい！』（テレビ朝日系列）で過去にプレゼントされていた夫婦用のペア枕。片面にハートマークと「ＹＥＳ」、その裏面に×印と「ＮＯ」が書かれており、その日の性交同意／不同意を枕の向きで示す。「子供の頃は何のＹＥＳ／ＮＯなのか分からずに見ていた」という人が多い。

被害者と長時間一緒にいたのはこの長田夫妻だけだったようだ。当日夜はこの二人にもそれぞれ別の予定があったようで、愛実は夕方五時半頃、柴田が帰ってしばらくの後、自分も辞して一人になり、拓海もその一時間後には部屋を出て一人になっている。三山大輔と同様、その後のアリバイはないわけだが。

どうも違和感があった。彼らの当日の行動には不自然さはない。だがもっと根本的に、彼らの持つ空気そのものが、殺人事件と相容れない気がする。友人が集まっての引っ越し祝い。その場のノリで決まったであろう家電のオークションや「引っ越し祝い」の小旅行の打ち上げ。関係者には特にトラブルを抱えている者も金銭的に困窮している者もおらず、事件発生までは被害者姉弟の周囲にはひたすらに「陽」の空気しかなかった。明るい未来と楽しい現在。殺人事件の捜査で「まさかあの人が」「トラブルがあるようには見えなかった」と聞くことはそう珍しくはないが、こうまで徹底的にネガティヴな気配がないというのも珍しい。

加えて、被害者のことを質問すると長田愛実は言った。

「遥ちゃん、誰かに恨まれるような子じゃないと思います。いや、喧嘩《けんか》したり、はっきり『合わない』って言う人はいたかもしれないんですけど」

頷いて続きを促すと、拓海も言った。「……なんでもはっきり言うし、後腐れがないっていうか。高校の頃、立野《たての》って奴がうざくて嫌われてたんですけど、そいつに対しても陰口じゃなくて、『そういうの、やめてほしいんだけど』ってまともに言ってて。『勇者』って渾名《あだな》ついてて」

その話は夫から聞いたことがあるらしく、愛実も「ああ」と頷いた。「陰で恨まれるんじゃなくて、嫌う人がいたとしても表に出して、じめじめしない感じで嫌うっていうか」

これも妙な話ではあった。二人の言葉が本当なら、三山遥はおよそ殺されそうにない人物ということになる。たとえば「誰からも好かれていました」と言われるような人間が、陰で恨みを買っていることは珍しくない。人間は様々なのだから、本当に１００％誰からも好かれる人間などいるはずがない。にもかかわらず「誰からも好かれていた」というのはつまり、「嫌っている人間もいるはずだったが表に出せない空気があった」ということになるからだ。だが、今回の三山遥は。

「そうです。恨まれるようなやつじゃ……」拓海が下を向き、手で顔を覆った。「……なんで、こんなことに……」

実感のこもった言葉だった。長田拓海は言う。高校時代からのつき合いで、彼女の披露宴の時も、並居る女友達を差し置いて「友人代表」のスピーチまででした。彼女のことは、もしかしたら親以上に知っているかもしれない――。

「……その俺が断言します。佐々井には、殺されるような理由はありません」

拓海は三山遥を旧姓で呼び、それから沈黙した。

こちらも黙らざるを得なかった。厄介な事件だ。犯行方法が分からないことに加えて、動機もまるで分からない。嫌われることはあっても恨まれはしない被害者。だが扼殺されている。

「まさか同じことを考えたわけではないだろうが、王子が口を開いた。「佐々井翔さんの部屋ですが、何かおかしなところはありませんでしたか？　たとえば誰か侵入したのではないか、といった痕跡なんかはありましたか」

長田夫妻は一瞬だけお互いを見た後、同時に首を振った。「特に何も」

拓海が付け加える。「買い出しとかいろいろしましたけど、留守にする時はちゃんと鍵、かけてましたし」

「遥ちゃんがいない時は夫が残ってましたし」

愛実も言い、拓海がそれに頷く。口裏を合わせている時にありがちな、予定調和特有のテンポは見られなかった。

「部屋の合鍵は？」

二人は「さあ」「あるんですか？」と首を振る。まともに視線を返してよいか戸惑う様子を見せているのは、およそ警察官に見えない金髪翠眼の青年に対しどういう態度をとればよいか迷っているからだろう。無理もない。こいつがなんでここにいるのだろうか、とは俺も思っている。

だが王子の質問は刑事のよくやる手口だった。合鍵が佐々井翔の恋人である倉田さくらのところにある一つだけである上、事件時には彼女がちゃんと持っていたことはとっくに確認済みで、単に長田夫妻の反応を窺っただけなのだ。

もちろん、合鍵の有無どころの問題ではないのだ。現場はきちんとU字形のドアガードまでかけられていた。そちらの謎については手がかりすら見つかっていない。敷島の態度からみても、特捜本部の方も解決にはまだ遠いのだろう。

だが、長田宅を辞したところでその敷島が突然、天啓を持ってきた。あの人も一体何なのだろうか、と思う。幸運のフクロウにしては早起きすぎるようだが女神と呼ぶにも無表情すぎる気がする。

5

「……妊娠。間違いはないんですね」

——非常にしつこく確認しましたので、間違いはありません。殺害された三山遥は妊娠していました。まだ二ヶ月だったようです。母子手帳も発行されていましたし、診療記録も確認しました。

そう言うからには本当に「非常にしつこく」確認したのだろう。敷島とやりとりをした特捜本部の担当者には同情するが、そこに構っている場合ではなかった。「しかし、それなら三山大輔はなぜ警察《こちら》に対し、そのことを黙っていたんですか？」

——知らなかったそうです。奥さんの妊娠を。

ということは彼は今さっき、特捜本部からそれを伝えられたのだろう。残酷なことをするものだが、それでも捜査のため必要となればする。警察というのはそういうところだ。

――特に、夫に対して妊娠を隠す理由はなさそうでした。単に「ここのところ忙しそうにしていたから、伝えるタイミングを計りかねていた」といった感じのようです。

被害者についての新たな情報。全くヒントがなかった動機に見当がつけられそうだった。俺はメモを取りながら息を吐く。密室の不可能と動機の不可解で、ここしばらく息をしていなかった気がする。だが、ひとまず水面に出た。あとはどちらに向かって泳ぐかだ。

――妊娠自体も順調だったようです。そこに関しては特筆すべきことはありません。

王子は腕組みをして電柱に背中を預け、職務質問の相手を監視しているかのような様子でこちらを見ている。無表情を作っているが尻尾が揺れているのが丸分かりだ。心配しなくてもあとでちゃんと伝えてやるが、とりあえず今は気分よく「待て」をさせることにする。

「となると、一番大事な点ですが……」

だが、敷島は俺が質問を発する前にあっさりと言った。

――そもそも被害者は「浮気なんてしていたら100%すぐにバレる性格」というのが、周囲の一致した評価です。確認しましたが、父親については夫の三山大輔で間違いないようですね。妊活をしていてタイミング的にもぴったりだそうですし、お互い忙しくて、とても不貞行為などをする暇はなかったとのことです。

あの状態の三山大輔からそれを訊き出したということになる。やりたくない仕事をこなした捜会員に心の中で合掌する。

通話を切ると、王子がすぐに腕組みを解いて近付いてきた。「詳しく話せ」

「そんなに尻尾を振るとちぎれるぞ」

「手を噛《か》まれたくなきゃ早く話せ」

話を聞いた王子は頷いていたが、聞き終わるとまた腕組みをした。

「……それだと関係はなさそうだな。父親が不明だというならまだ色々考えられたんだが」

「必ずしもそうでもないさ。父親がはっきりしていて何の問題もない、望まれた妊娠——だからこそ動機になることもある」

「本当か？　じゃあ、あんたの見解はどうなんだ」

「何の根拠もないことを話しても仕方がないだろう。喋るほどの価値はない」

王子は不満そうに眉間に皺を寄せたが、急に肩をすくめる仕草をすると、頷いた。「そうだな。根拠のある話だけをしよう。たとえば、密室のトリックについて、とかな」

「……何？」

「密室のトリックだよ。根拠はある。たとえば、あの部屋の屑籠の位置とか」

「ちょっと待て。分かったのか？」

思わず身を乗り出す。あれは確かに密室だった。しかもミステリに出てくるような特殊な構造の建物ではなく、普通の住宅が密室になっていたのだ。それゆえにかえって難解だった。古来より、ミステリには様々な趣向の密室が登場する。雪の中に足跡がない、なんていうのはよくある方で、大岩で現場が塞がれているとか、死体が強酸性湖のまん中に立てられているとか、現場のドアがシャンパンタワーで塞がれているとかだ。それらを解くのは容易《たやす》かった。わざわざ大岩だのシャンパンタワーだのを出している以上、その特性を利用したトリックだと推測できるからだ。だが俺たちが今、直面している「密室」は現実であり、密室を作っているのはどこにでもある玄関のドアとドアガードなのだ。それなのに解けたというのだろうか。この短時間で。

「詳しく話せ」

「そんなに尻尾を……」言いかけた王子は、なぜかちらりと視線を横にやった。

通行人がいるのかと思ったがそうではない。いるのはアスファルトの上を走るハクセキレイだけだ。

「……どこ見てる」

「ずっと疑問なんだが、あれは何か防犯機能がついているのか？　ずいぶんそこらじゅうにあるが、壊れているものも落書きをされているものもなかった。揺すられると催涙ガスを出すとかなのか？」

指をさす方向を見て、初めて王子が角の自動販売機を見ていることに気付いた。何の変哲もない伊藤園の、旧式のやつだ。

「……日本には自販機荒らしなんてほとんどないんだ」

「こんなにあるのにか?」

「やるなよ?」

「E Kaa!《エカー》　信じられないだけだ。まあ、いい」王子は思案顔になり、俺と自動販売機を見比べた。

「……で、トリックを聞きたいのか?　聞きたくないのか?」

肩をすくめた。「分かったよ。買ってやるから言え」

「現金しか使えないところがこんなにあるなんて知らなかったんだ。日本人はみんなじゃらじゃらと現金を持ち歩いてるのか?」言いつつも王子は目を輝かせて手を出してくる。「自分でやる。コインをくれ。……ここに入れればいいんだろう?」

「違うそっちだ。ランプが光ったらボタンを押すんだ」

どうも自動販売機自体、使ったことがないらしい。自動販売機自体が珍しい国の王族、となればむしろ当然かもしれなかった。ボタンを押すと落ちてくる缶にAh!　勢いがいいな!　などと喜んでいる。

「……なるほど、メリニアじゃキャッシュレスか」

「Eesti《エストニア》に比べればまだまだ発展途上だ」王子はコーラの缶を開け、普段飲む機会がないのか嬉しそうに口をつけたが、こちらを見て動きを止めた。「……おい、何だそれは」

俺が買った缶を見ている。「汁粉だよ。小豆を砂糖で煮た飲み物だ。Sweet red been soup.」

「豆が甘いのか?　……Mämmi《マンミ》[*7]みたいなものか……?　だが……」

「もういい飲んでみろ」

「あれは苦手なんだ。僕はコーラでいい。今はプライベートなんだぞ」

「仕事中だろうが。別物だから飲め。任地の文化を体験しておけ。……嗅いでどうする」

「……Hyvää!《ヒュヴァ》　甘いな！　そうか。あのコーヒーと一緒に買って食べるためにここに入ってるんだな？」

「違う。あと返せ。……もういい。もう一本買う。そいつはやるからトリックを教えろ」

これはいいぞ！　でも少ないな！　と目を輝かせて汁粉ドリンクの缶をいじりまわす王子を横目に小銭を出し、二本目を買う。物欲しそうにそれを見てくる王子の視線から缶を隠しつつ、ふと冷静になった。つい忘れてしまうが、俺は今五十一で、この王子はまだ十六なのだ。息子の年齢。ならば保護者として、大人として接するべきではないのか。なのになぜ俺は対等にやりとりをしているのか。

だが「保護者として接する」というのは、具体的にはどういうことを指すのだろうか。教え導き監督する？　それは具体的にはどういうことか。この王子は事件現場に不法侵入はするが、そこらの十六歳がやらかすような非常識はしない。見る限り、刑事としての振る舞いも巧拙はあれどすでにできていた。何をどう監督するというのだろうか。そもそもただの「外国の子供」ではない。小国の三男坊とはいえ一国の王子だ。普通の子供と同じように扱っていいのか。それ以前にこいつはそもそも本当に「子供」なのか。

こういうことは分からないのだ。苦手だった。そもそも「子供」とは何で「大人」とは何だ。結婚して子供がいれば、そんなことでは悩まなかったのだろうか？

口には出さないが、俺には世間一般の、五十一歳に求められる「大人」になっているという実感がなかった。子供でない、という自信はある。だが「若造」から先へ、本当に成長したのだろうか？　確かに仕事には慣れた。コネもできた。後輩も若い同僚もこちらを立ててくれることが多い。だが俺自身の意識は、もしかして「若造」の頃のまま一切成長していないのではないか。ここにいるのは白髪が増えて肌つやがなくなり「老後」が近付いただけの、「老けた若造」に過ぎないのではないか。

「おい。どうした？」

王子が汁粉ドリンクを飲みながら眉をひそめる。知らず、缶を持ったまま突っ立っていたようだ。いや、と応え、指でプルタブを引き起こす。「それより、トリックについてはどうなんだ」

自分で言いながら、この会話は本当に仕事なのか、と思ってしまう。「トリック」だと。現実の殺人事件で。なぜそんなものが出てくる。だが現場の状況は本当に「密室」であり、殺人事件

＊7　Mämmi はライ麦を真っ黒なペースト状にしたフィンランドのお菓子。フィンランドではイースターの時に出てくる伝統のお菓子だが、そのままでは「麦のペースト」であり、牛乳をかけたり砂糖を混ぜたりしないとおいしくないらしい。

であるなら犯人は「トリック」を用いた、ということになる。

「見当はついたが、証拠が欲しいな。これは警察の捜査だから」王子は「ここにこのまま捨てていいんだろう？」と確認してから、飲み終わった汁粉ドリンクの缶を屑籠に入れた。「現場周辺に聞き込みにいかないか？」

「その前にトリックを説明しろよ」

「いいだろう。ＳＲＢＳの礼だ」

「しるこドリンクをそんなふうに略すやつは初めて見たよ」

王子が話した方法はまさか本当にそんなことをしたのか、と驚くようなものだったが、それは確かに現場で見た、いくつかの不可解なものを説明していた。信じられなかったが、頷かざるを得なかった。そしてトリックが王子の推理の通りなら、犯人も絞られる。

「……通常の事件じゃない、っていうのは、そういうことか。ジョン・スミスが関与したからか？」

「そうだ。言った通りだろう？　Jaapani《ヤーパニ》の警察では解決できない」王子はわずかに口角を上げて「どうだ」と言わんばかりである。「これで理解できただろう？　本気で解決したいなら、協力を惜しんでもらっては困るな。……現場に行く」

ついてこい、と言わんばかりに先に歩き出す。俺はそれに従うしかない。

息子ってのが十六になったら、やはりこんな感じで可愛くなくなるのだろうか――と、ふと考えた。

現場のアパートは四部屋だけであり、事件のごたごたと周囲の目を避けてなのか、他三部屋の住人はいずれも捉まらなかった。マスコミの人間もまだうろついているから、家を出ている者もいるのだろう。いいかげん昼を過ぎており、俺はこの王子に何を食わせればいいのかと悩み始めたが、王子は誰かが捉まるまでは中断したくないようで、隣のマンションも訪ねると言った。幸いなことに建て込んでいる地域だ。隣のこのマンションから見ても、一階ならば現場はすぐそこ、という距離感覚である。

だがようやく玄関を開けてくれた四十代くらいの主婦は、隣のマンションに不審な人物はいなかったか、という王子の質問に首を振るばかりだった。

「……もっと遅くでも構いません。二十二時二十分より後でさえあれば、二十五時でも六時でも」

王子は食い下がる。本当に日本語が上手いな、とは思うが、主婦は首を振るだけだ。「一週間前ですし、ちょっと……覚えてないですね」

「でしたら時間はこだわらなくていいです。二十二時以前のことでも」

「いえ……」

とんとん、と王子の肩を叩き、替われ、と合図する。主婦の後ろでリビングのドアが開いており、テレビでＮＨＫの昼のニュースをやっているのが分かる。俺は「どうもすみませんねお昼に。我々もそろそろ腹が減ってきました」などと気楽な調子を作ってから訊いた。「そういえば先週の『サンデースポーツ』観ましたか？　車椅子バスケの汪博文《ワンボーウェン》の特集とか、やっていた時間帯なんですが」

「……ああ！」

思い当たったようだ。主婦は「あの、関係ないと思うんですけど」と前置きして言った。「十一時過ぎだとは思うんですけど、家の前を走っていく人が一人、いて……」

王子がこちらを見る。頷いてみせる。訊き込みというのはただ質問をすればいいのではなく、記憶を喚起させるような工夫が要るのだ。それに二十四時間式で時刻を言っても、通常はぴんと来にくい。

「すみません。十一時過ぎのことなんで、関係ないかと思っていまして」

申し訳なさそうにする主婦にいえいえ、と応じる。特捜本部の見解では犯人が犯行後三十分以上も現場に留《とど》まっているとは考えにくかっただろうから、先にここに訊き込みにきた捜査員も死亡推定時刻をもとに「十時二十分頃に何かありませんでしたか」という訊き方をしたのかもしれない。だとすればこれはまだどこにも出ていない情報だ。収穫だった。

リビングのドアから十歳くらいの女の子が顔を覗かせた。主婦は振り返り、「あ、そう」と言って手招きした。「茉奈《まな》」

女の子は警戒している様子でこちらを窺っていたが、王子の顔を見て目を見開いた。まあ、こいつの外見は漫画である。

「娘の部屋の方が隣に近いんです」

主婦が説明し、茉奈ちゃんを連れてくる。俺は挨拶をして頭を下げた。「ちょっと話を聞きたいんだが、いいかな？　四日前、日曜日の十一時頃なんだけど、起きてたかい？」

だが茉奈ちゃんは警戒しているようで、母親の後ろに隠れたまま無言である。なんとか警戒を解いてもらわなければならないが、子供の、それも女の子だ。正直なところ苦手だった。「ああ、別にたいした意味はないんだ。ただちょっと参考のために聞きたいだけでね……」

とんとん、と肩を叩かれた。王子がこちらを見て「替われ」という合図をし、俺の前に出る。

「BKAのユリアン・フォーゲルといいます。ちょっと事情があって日本の事件を捜査しているんだけど、君の話を聞けるととても助かるんだ」王子はさりげなく茉奈ちゃんを見つめて微笑む。

「何か、覚えていることはないかな？」

茉奈ちゃんの顔がみるみる真っ赤になる。左頬に青痣があるとはいえ、なにしろ公務で鍛えられた本物のロイヤルスマイルだ。母親の後ろに隠れてはいるが、王子から目が離せなくなったらしい。王子も王子で彼女を見つめ続けると、茉奈ちゃんは必死で頭を巡らせたようで、かすれた声ながら「あっ、あの」と必死で口を開いた。

「あります。思い出しました。十一時頃、隣で音がして。分からないけど、たぶん、隣のアパートのフェンスを揺らした感じとか、そういう音だと……」

王子を見ると、王子も「どうだ？」という顔で頷いた。まあ、いい。証言は得られた。犯人はほぼ特定できたし、トリックも、おそらく動機にも見当がついている。これからどうするか。ひとまず特捜本部に持っていき、物証を固めた上で犯人に突撃、ということになるだろうか。だがそれは特捜本部の仕事だ。俺たちはどこまでやるのか。いずれにしろ、昼飯はもう少し後になりそうだ。

だが王子は、何か一人で勝手に決めているようだった。マンションを出るまで一言も話さずこちらとも視線を交わさなかったかと思うと、敷島に電話をかけて早口の英語でやりとりしている。声が小さいので何を喋っているのかは聞こえなかったが、何か嫌な予感がした。電話機に喋りながら早足で車に向かう王子の表情を窺う。出走した競走馬の顔、あるいは品川《しながわ》駅なんかでよく見る、大声で取引先と電話をしつつ早足で過ぎ去るサラリーマンだ。その二つが似ているのかどうかは不明だが、周りを見ていない、という共通点はあった。

なので、通話を終えたタイミングを計っておい、と声をかけた。「鼻息が荒いぞ。せめて俺にもどこにニンジンがあるのか教えろ。独り占めする気か？」

「Shikishimaがちょうどいい場所を教えてくれた。市の北部に『伊藤《いとう》記念公園 台田《だいだ》の杜《もり》』というのがある」答えはしたが、王子はこちらを見なかった。翠《みどり》色の目はただ前を見ているだけだ。

「そこに犯人を呼び出す。……ここからは僕がやる。あんたは発酵樽《だる》でも……糠床《ぬかどこ》でも見ていてくれ」

「日本風に言い直す前に別の言い方を考えろよ」

本当に日本語がうまいが、感心している場合ではなかった。特捜本部の立場など欠片《かけら》も考えていないこいつがこれから何をするつもりなのか。横で見ていて、場合によっては止めなくてはならない。俺はこの歳まで、始末書は未経験だったのだ。今更そちらの方向に新たな扉を開こうとも思わない。

だが王子の推理はどうやら正解だった。移動中に数件の電話をかけていくつかのことを確認したが、すべて王子が推測した通りの答えが返ってきたのだ。それを報告すると、王子は当然という顔で小さく頷いただけだった。

となれば、俺は指示通りにこの金髪翠眼の少年に付き従うしかなかった。

6

清瀬市は東京都ではあるが、駅から離れるとかなり見通しがよくなり、畑だの雑木林だのが目立つようになる。砂利敷きのままの空き地や畑や小さな雑木林。そういったのんびりした区画をところどころに挟んだ郊外の住宅地は車通りも人通りもなく、頭上では雲雀《ひばり》が縄張りを主張している。「学校を休んだ日」の記憶を蘇《よみがえ》らせる平日昼間ののどかな静けさ。飯を食っていなくてよかったと思った。これは昼寝の空気だ。春特有の埃っぽい風が吹き、俺は一つくしゃみをした。

車は王子の指示に従い、公園脇の路肩に違法駐車してある。確かにここなら、交通課が出張《でば》ってきて恥をかかされる、なんていうこともなさそうだ。林の中を見る。伊藤記念公園は公園という名がついてはいるが、周囲に柵はなく、遊歩道にウッドデッキが作られているでもなく、本当に自然のままの「ただの雑木林」だった。それが路地の奥に突然出現する。都内では、こういう場所の方がむしろ貴重だ。そして確かに。

「……ひと目につかなそうだな。これなら」

王子に続いて落ち葉を踏み、一人分の幅の遊歩道へ踏み入る。斜面を上がると前方に柴犬の散歩をする女性が見えたが、他に人はいなかった。子供が遊ぶ公園なら近くにあるし、観光客でごった返すような場所ではないのだろう。林の中は太い樹《き》が少ないせいか思ったより見通しがよかったが、それでも外の路地から中は見えないはずだった。

「……これが自然の状態なのか。色々な樹があって面白いな」王子は周囲を見回し続けている。あながち緊張を隠すためだけではなくて、本気で楽しんでいるようだ。「北欧《こっち》の森なんかkuusik《トウヒ》ばかりだ」

拳銃を携帯しているのに、よくそんなに気楽でいられるものだ。「ハイキングなら高尾山《たかおさん》で充分だろう。まわりじゅうタフな年寄りだらけで楽しいぞ」

王子は振り返らずに進む。「リーダーは僕だ。勝手に救難信号を出すなよ」

肩をすくめつつも「知るか」と内心で思う。敷島からも指示されたが、ここに来る前に王子から聞いた話は、突飛さといいスケールといい、とてもいち捜査官が背負えるものとは思えなかった。

現場の隣のマンションで証言を得て車に戻ると、王子は助手席のドアを閉めた途端に口を開いた。よそに聞かれたらまずい話だと分かっているのだろう。

王子は宣言した。「長田拓海を拘束する」

「……やはり、犯人はそいつか」

「トリックの性質を考えれば彼しかいない。長田愛実も証言していただろう。拓海は犯行前、現場に一人で残っている時間があった」

確かに長田拓海は、長田愛実が現場を辞した後も一人で残っていた。この後ばらばらに行動する予定だったとしても、夫婦揃って出るのが自然なのに、だ。

「だが、それを本部にどう説明する」運転席のシートに背中をあずける。「特捜本部《むこうさん》の頭が固いわけじゃない。確かに根拠はあるが、こんな御伽噺《おとぎばなし》を本気にする大人はいないぞ」

「ドードー鳥なのか？　最初に言っただろう。僕は『清瀬市アパートＯＬ殺害事件』の捜査をしているんじゃない。ジョン・スミスの追跡をしているんだ」王子は携帯を出した。「犯人を突き止めるのはそいつがジョン・スミスに会っている可能性が大きいからだ。トリックを解明するのは犯人の抗弁を手っ取り早く封じて、口を開かせるためだ」

ずっと特捜本部側にいた俺には、どうもぴんとこない。「……で、あんたは今、どこにかけてるんだ」

「一つしかないだろう」王子は前を見た。「……長田拓海さんですね。警察の者です。事件について話がしたい。特に、あなたが犯行前に会っていたジョン・スミスについて」

確かに「警察の者」だ。組織も国籍も問わなければ。だが。「……おい。何を勝手に」

「拒否されても結構ですが、こちらはあなたが犯人だという証拠を摑んでいます。まだ特捜本部には伝えていない」

「ちょっと待て。勝手に何の話を始めてるんだ」

王子はこちらを無視して長田拓海に言った。「あなたの態度次第です。あなたはジョン・スミスがどんな人間だか知らないのですか？　こちらは目撃情報をつかんでいる。あなたが会っていたジョン・スミスはマフィアの関係者で、国際手配中の極めて危険な人物です。彼と関わったのに日本の警察の手に落ちたと知られたら、どこかで消されますよ。口封じに」

「おい」

「……あなたの態度次第では、現場に残ったあれを抜いておいてあげてもいい」

「おい！」

「では今から、柳瀬《やなせ》川沿いにある『伊藤記念公園』の、林の中にある方の記念碑前で。……ええ、今からです」

俺は王子が携帯を持っている手を掴んだが、その時には王子はもう通話を終えてしまっていた。

「……何をしてる。特捜本部の許可もなく勝手に捜査対象者《マルタイ》と取引するな。本気で長田を逃がすつもりなのか？」

「長田拓海は呼び出せた。あの様子なら喋る。……心配しなくても、警察の尾行はShikishimaが外してくれるよ」

「糠漬けは知っているのに、日本に司法取引の制度がないことは知らないのか？　違法捜査になれば証拠全てが無効になる。殺人犯をみすみす取り逃がすことになるぞ」

ジョン・スミスだか何だか知らないが、友人に囲まれ好かれていた若い女性が一人、無残に殺されているのは動かしようのない事実なのだ。その下手人を逃がす理由などどこにもない。

だが王子は金色の髪を揺らして俺の手を振りほどき、全く怯《ひる》む様子もなくこちらを見た。

「『SNAKE《スネイク》』という薬を知っているか。『ニューロンに作用する倫理感覚排除肯定物質』。注射でも経口でも、場合によっては吸入でも効果があるかもしれないと言われている」

「新手のドラッグか」

「やはり、あんたくらいの下っ端は知らないか。あんたの課長《ボス》……いや部長《大ボス》あたりなら、名前ぐらいは聞いたことがあるはずだが」

俺はあの二人が直接、自分で動いて俺を呼びにきたことを思い出した。この仕事の裏には、やはり何か機密に関わることがあったのだ。

「……俺は聞いていない。だが生活安全課の知り合いもたぶん、そんなドラッグの名前は知らないぞ」

「ドラッグなんて生易しいものじゃない。人間の自制心を弱める薬だ」

とするとアルコール、あるいは自白剤のようなものだろうか。だが既存のそれらの印象と、王子の表情の深刻さが釣り合わない。

「心理学的に言うと、人間の行為は『やろうと決意』してから『本当にやる』までの間に生ずる心理的抵抗の大小で二つに分けられるんだ。決意すればすぐに実行できる『通常行為』と、決意してみただけでは、通常なら実行できない『逸脱行為』にだ。脳科学的に言っても、その二つをとっている時は脳の活動領域が違う。『通常行為』から『逸脱行為』に移るためには、ギアを変える必要があるんだ」

王子はシフトレバーを手で叩いた。「逸脱行為」の範囲はその人間の生育環境や習慣、属する社会の常識によっても変わってくる。たとえば日本人にとっては衆人環視の中で恋人とキスをするのは「逸脱行為」になり、個人的に感情が昂《たかぶ》っていたり、結婚式などでそれが許される状況にならなければ抵抗感が強い。喧嘩で他人を殴るのもだ。多くの人間はどんなに腹が立っても本気で他人を殴れず、怒鳴ったり突き飛ばしたり、胸倉を摑んだりすることで代替する。激高しているのに他人を突き飛ばすだけの人間は「殴ったら怪我をさせて傷害罪になってしまう」と考えて踏みとどまっているのではなく、それが「逸脱行為」に当たるため、脳の「自制回路」によるブレーキがかかっているのだ。野生動物の縄張り争いが殺し合いに発展しない理由もこの回路の働きだとされている。

だが「SNAKE」はその自制回路にだけ選択的に作用し、これを働かなくさせる。つまり「SNAKE」を摂取した人間は、単に押したり突き飛ばしたりするのとさして変わらない勢いで、包丁で首を刺したり指で眼球をえぐったりできてしまう。

「……人間を狂暴化させる薬か？」

「Berserk《狂戦士》みたいなイメージで考えているなら違う。感情は昂らない。『さすがにそれはヤバい』『本当にやるのはヤバい』という直感が働かなくなるんだ。むしろ頭の中は静かだ」

そして問題なのが、この「SNAKE」は極めて少量で作用する上、一度破壊された自制回路は長期にわたって修復困難になるという点らしい。一度摂取してしまったら最後「何の抵抗もなく人の目に指を突っ込む人間」になる。そしてその状態であるかどうかを外部から判別する方法がまだない。

「そしてSNAKEの存在は、公式にはまだ認識されていない。せいぜい『一部の国のその界隈《かいわい》の人間なら、噂《うわさ》を聞いたことがある』程度なんだ。そもそも『逸脱行為』や『自制回路』といった言葉自体、学会で広く認知されているわけじゃないからな」王子は学生に回答を求める教官の調子でこちらを見た。「……これがどういう状況か、分かるか？」

俺は答えた。「スキャンダル工作がし放題だ」

邪魔な政治家、邪魔な社会運動家、邪魔な官僚に邪魔な言論人。そういった相手をただ殺したり、脅して沈黙させたりしても、通常は圧力をかけたことに対する批判が盛り上がって逆効果になる。だがSNAKEを摂取させれば、邪魔な相手は勝手に事件を起こし、スキャンダルで潰れていってくれる。公開の議論中に挑発して相手を殴らせる。雇ったチンピラに道端で絡ませて激高させ、殺させる。潰し方はいくらでも考えられる。いや、邪魔な相手の周囲にSNAKEで自制回路の壊れた人間がいれば、そいつが何かのきっかけでとち狂って殺してくれるかもしれない。敵の頭上にいつでもダモクレスの剣を吊《つ》るせる薬。実際には使う必要すらなく、使うぞ、と脅すだけで邪魔な相手を黙らせることができる。

「そのSNAKEをほぼ独力で開発したのがジョン・スミスだと言われている。もちろんすべて個人の力だけでは不可能だ。MIBとメリニアンマフィアがバックアップしていた。これを独占できれば『民主主義に則《のっと》って世界征服』ができるからな」

もちろん、世界中の大衆に「個人的なスキャンダルは政治的主張の当否とは無関係だ」と考えるだけの知性があれば機能しない薬だ。だが現代の大衆に――いや、有史以来、人類にそれが期待できたことなど一度もない。

「だが、そんなヤバい薬があるなら……」

なぜ公表しない。そう言いかけて、自分のお人よし加減に自分で呆《あき》れた。もし本当にそんな薬があって、しかもごく一部の人間しか知らないというなら、知っている「ごく一部」の人間がそれを公表するはずがない。うまく立ちまわって「使う側」になれれば邪魔な人間を手を汚さず潰せて、思いのままだからだ。

……馬鹿どもが。

舌打ちが出る。核兵器をため込んで世界を思いのままにできるわけがない。その刃が自分に向く可能性を考えないのだろうか。扱い方を誤れば自分どころか世界の秩序が滅茶苦茶になるのに。

「……で、あんたのご家族も一枚嚙んでるのか」

「王室を侮辱するな。我々はＳＮＡＫＥの存在をリークするために動いている」

王子はこちらを睨んだ。そういえば、こうした表情を見せるのは初めてだった。「ＳＮＡＫＥの厄介なところは、摂取後すぐに分解されて血液中に証拠が残らない点だ。現物と製造方法を押さえるしかない。証拠なしで公表しても『メリニア王室が陰謀論にはまりだした』と嗤《わら》われるだけだ。……いや、それだけじゃないな。きっちり報復で潰される」

それを言うなら今こうして動き回っていることもやばいのではないか。とり澄ました敷島の顔が浮かぶ。無表情のまま、とんでもないことに巻き込みやがった。

風に舞い上がった落ち葉が一枚、フロントガラスに貼りついた。

「……念のため訊くが、本当なんだろうな？」

「僕の作り話だと思うなら好きなだけ尋問すればいいだろう。何度でも角度を変えて、納得がいくまで。……それが仕事だろ？」

王子の視線にわずかな軽蔑が混じっているように見えたのは、自分の心理の反映だろうか。状況の深刻さを認めたくがないゆえに無理矢理疑ってみせる。課長と部長が出張っている時点で嘘《うそ》のはずがないのに、我ながら間抜けなことだ。これでは追い詰められて地面に首を突っ込むダチョウ[*8]と変わらない。

溜め息が出た。シートに体重を預ける。またslugだと言われそうだが、本音を言えばsnailの方になって殻に閉じこもりたかった。俺は今、とんでもないことに巻き込まれている。

「……了解した」分かった、と気軽に言うことはできなかった。「……つまり、長田拓海はジョン・スミスからそのSNAKEを投与されて犯行に及んだと？」

「おそらくは」

「なぜそんなことをする？」

「『治験』だよ。SNAKEの作用機序がはっきりして、実験室で予定通りの結果が出ても、実戦で効果があるかどうかはまだ分からない。本当に、平均的な自制心を持った人間に殺人を犯させられるかどうかは実地でないと分からない。だから奴はこの国に来た。災害時の報道などでよく知られている。日本人は『逸脱行為』の範囲が広い上、自制回路が極めて強い。日本人に効くなら世界中たいていどこでも効く」

「光栄だ。よそでやってもらいたいね」

「それ以外に、ジョン・スミスによるいくつかの発明品の事業化に絡んでいる企業が日本にある、という理由もあるが……」

王子はその先は言わなかったが、分かっている。どうせ理由はそれだけじゃない。国際犯罪に対する日本の対応の甘さ。国際社会での発言力のなさ。行政機関とマスコミの御しやすさ。そのあたりが目をつけられたのだろう。

「……まあ、話は分かった。なんとかするさ。治験のバイトにしちゃワリが悪すぎる」

まったく、えらい話に巻き込んでくれたものだった。今こうして雑木林を歩いているのも、世界の命運がかかったお散歩、ということになりかねない。

だがそうした状況のわりに、前を行く王子は楽しげで、どこかはしゃいでいるようにすら見えた。普通に歩けばいいところを立ち止まって周囲を見回したり、しゃがんで植物を撫《な》でたりしている。

「おっ、今、樹の上に何かいたぞ。リスか？」

「鳥だ。ヒヨドリか何かだろ」

＊8　「ダチョウは天敵に追い詰められると土の中に顔を突っ込んで現実逃避をし、それで解決したことにする」というのは迷信。実際には時速70㎞で走って逃げるし、それも無理なら強靭《きょうじん》な脚で蹴り殺す。

「たくさん落ちているな。これが日本の『どんぐり』だろ？　食べられるのか？」

「食べることはできる。水分と一緒にすぐ出ていくが」

生まれて初めて外に出た五歳児のようだ。緊張をほぐすためにわざとはしゃいでいるのかと思ったが、少なくとも半分以上は本気で日本の風景を楽しんでいるように見えた。やはり理解不能だ、と思う。とんでもないことに関わっているという自覚がないのか、王族という立場で生まれた時からプレッシャーに晒《さら》されてきたがゆえ、常人にある何かが麻痺《まひ》しているのか。日本人の感覚では二十代に見える金髪の青年がドングリを拾ってはしゃいでいる姿はどう対応したものか大いに迷うものだったが、しかし遊歩道を進み、分かれ道を曲がったところで王子はすぐに表情を変え、声を低くした。

「いたぞ。長田拓海だ」

7

王子が呼び出しに指定したのは道路に面していてひと目のある公園入口側ではなく、林の遊歩道の奥にある石碑の前だ。小さい広場のようになっているが周囲は樹々が連なっており、確かにここまで入れば外からは見えない。俺と王子は周囲を窺う。怪しい人影はないようだ。長田拓海はこちらに背を向けて石碑の前のベンチに座っていた。王子は枯葉を踏む音をたてて大股で近付く。

「電話をした者だ。午前中はどうも」

王子が声をかけると、長田拓海はさっと立ち上がり、俺たちの背後を窺った。王子が手で「座れ」と示しても立っている。

「人が来る前に話を終わらせたい」王子が拓海と正対する。「まず、三山遥を殺したのはあんただな？」

「……何のことだか」

「そこに時間をかけたくはないんだ。事件のあった日曜の二十三時過ぎに、現場のアパートから出ていった人間を近隣住民が確認している。普通は殺したらすぐ去るのに、だ。しばらく現場にいる必要があったんだろう？　トリックを実行するために」

俺は逃げ道となる広場の入口を塞ぐ位置に移動しながら拓海を見た。よく観察するまでもなかった。腕はだらりと下げているが、指先がぴくりぴくりと震えている。

「現場は確かに『密室状態』だった。玄関のドアには鍵だけでなくドアガードがかかっていたし、掃き出し窓も内側から鍵がかかっていたし、鍵のかかっていない二つの滑り出し窓と台所の格子窓は人が通れる隙間はなかった」

俺は王子に喋りを任せ、横から拓海の表情を窺った。視線は揺れているようだ。目はそらしている。

「そして死因は『扼殺』だ。『絞殺《こうさつ》』なら家の外から、あるいは自動的に動く何かで首を絞めて殺害し、犯行後に凶器の紐を外に回収することも可能だが、扼殺ではそうはいかない。犯人は現場である家の中にいなくてはおかしい」王子は腰に手を当てた。「そう思わせるつもりだったんだろう？　現に特捜本部はそう考えて、現場の合鍵を持っていた倉田さくらと、部屋の主である佐々井翔を疑っていた」

かさり、と落ち葉が鳴る音がして振り返るが、単に小枝が落ちただけだった。王子もそれを確かめると拓海に再び向き直る。

「あんたもそうなることを狙ってトリックを用いたんだろう。被害者に対しては『一階だし物騒だから鍵はかけておけよ』とでも誘導しておいたのかもしれないな。……だが実際には計算外の結果になった。被害者が玄関の鍵だけでなく、ドアガードまでかけてしまったんだ。これじゃ合鍵があっても犯行は不可能だ。何かのトリックがあったと考えるしかなくなる」

男性である長田拓海と女性である三山遥の防犯意識の違いなのかもしれなかった。もし犯人が女性であるなら「ちゃんと施錠しろ」と言えば三山遥はドアガードまでかけてしまうかもしれないと、当然考えただろう。だが長田拓海はそこまで考えなかった。そもそもドアガードを使うという意識そのものがなかったのかもしれない。現に、長田愛実に電話で確認したところ、拓海が自宅で自発的にドアガードをかけたところを見たことがない、という。

拓海は「でも、それじゃ、だって」と小声で言った。言っても無駄であることを半ば以上理解しているのだろう。具体的な反論は何も言わない。

王子もそれを承知している様子で言う。

「方法はあるだろ？　ドアガードまでかかっていた部屋の中にいた被害者を『扼殺する』方法が。部屋の屑籠が不自然な位置にあり、何より部屋のカーペットは中心を一ヶ所、ピンで留めてあるだけだった。この留め方は変だ。カーペットがずれないようにするなら四隅を留めるし、床を傷つけたくないならテープで貼り付ければいい。この点はどうしようもなかったな」

これについても電話で佐々井翔に確認している。佐々井翔いわく、カーペットはただ置いてあるだけで、どこも留めていなかったはずだ、とのことだった。犯人が留めたのだ。

「だがそれが致命的だ。犯人が現場に敷いてあるカーペットの『中心を一ヶ所だけ』留めた、というなら、何をしたかったのかは一目瞭然だよな？　犯人は犯行後、現場のカーペットを引っぱって180度回転させたんだ。上に載っている死体ごと」

鑑識は「死体には、死後動かされた跡はない」と言った。そう。確かに死体には動かされた痕跡は「なかった」だろう。その下のカーペットごと動けば、死体がカーペットの上で「動かされた痕跡」は何一つ残らない。

だが、カーペットごと回転させれば死体の位置は変わる。部屋入口から向かって左、ユニットバス側の隅に倒れていた死体が、逆の壁際に来る。つまり、鍵のかかっていなかった滑り出し窓の前に。

これなら犯行は可能になる。滑り出し窓の隙間でも、両腕だけなら入るのた。

「最初から言うとこうだ。あんたは昼間、部屋で一人になった隙にカーペットの中心をピンで留め、それから隅の三ヶ所にほとんど目に見えない細さのワイヤーを通し、端をバルコニーに面している掃き出し窓から外に出しておく。別の窓からでもいいが、掃き出し窓は建付けが悪く、わずかに隙間があったから、ちょうどいいだろう」

カーペットにワイヤーを通した痕跡は、鑑識がよく確かめれば見つかるだろう。物証もある。

「そして夜、帰ったと見せかけて部屋の外に潜む。この国の住宅は周囲をブロック塀で囲むから、見つかる危険はあまりない。そして頃合いを見て、部屋の滑り出し窓の外で音をたてる。たて続ければ被害者は窓を開けて、外を覗こうとするよな。そこを手で絞め殺した」

拓海の表情が歪んだ。犯行時を思い出したのかもしれない。夜、窓の外でしている物音。確かめようと窓を開けると、突然外から伸びてきた手で首を絞められる。恐ろしい話ではあるが、やる方も負担が大きかったはずだ。

「被害者を絞め殺したら、後ろに押して倒す。その後、掃き出し窓の外に回って、出ているワイヤーを一本ずつ引いてカーペットを回転させる。180度回転させるには手前の隅と、その奥の隅と、さらにもう一ヶ所を引っぱらないといけない。なかなかの重労働だな」

もちろんワイヤーは三本とも輪の形にしてあり、それぞれ外から一ヶ所を切れば引っぱって回収できるようにしてあった。だがワイヤーを回収してもカーペットをよく調べれば、引っぱって回転させた痕跡など簡単に見つかるだろう。

「カーペットが１８０度回転すれば、滑り出し窓の前で倒れていた死体は部屋の奥に移動する。もちろん、カーペットの上に置かれている他のものもすべて移動する。ローテーブルと座椅子は問題なかったが、屑籠が不自然な位置になるのはまずかったな」王子は長田に半歩、近付く。

「さて、ずいぶんと変わった方法を考えたものだが……」

王子の纏う空気が変わった。ここからが本題でこれまでは前置き、ということなのだろう。

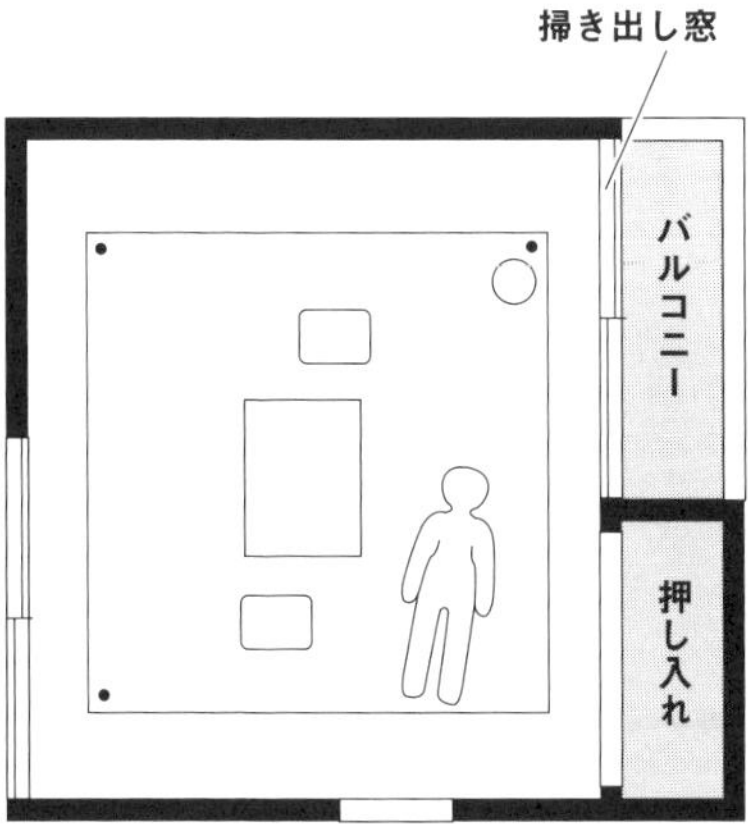

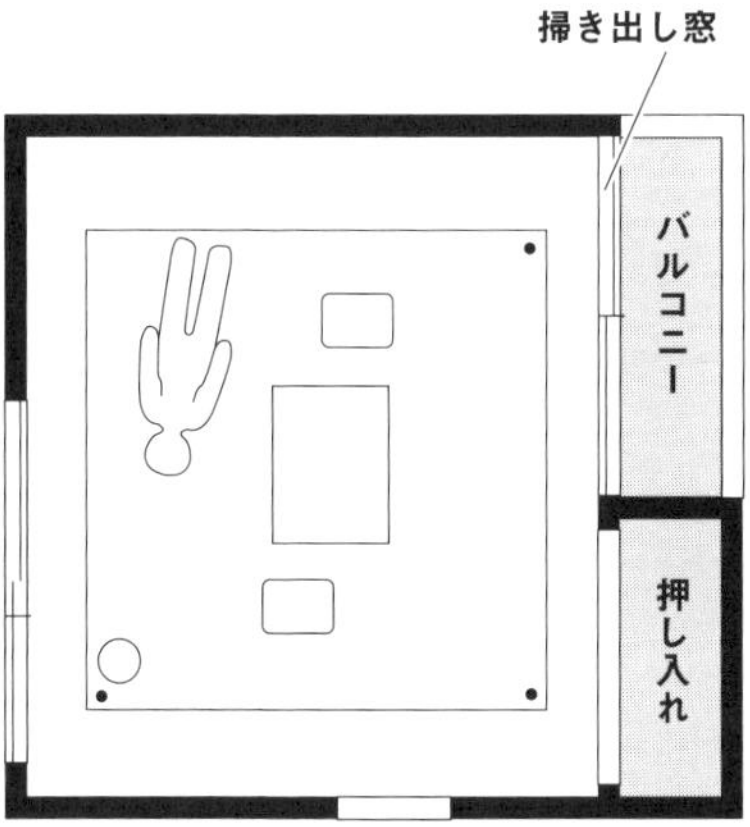

風が吹き、周囲の枝と下草がざわめく。ヒヨドリの甲高い声が何かの危険に慄《おのの》いているように聞こえる。

「……あんた自身が考えたんじゃないよな？　少し前に偶然、北欧系の外見をした人間に出会っているはずだ。名前は『ジョン・スミス』。年齢22歳、身長174㎝、体重61㎏。髪の色は金で瞳の色は緑」長田の顔を覗き込むように見る。「そいつの入れ知恵だろ？　会って酒でも飲んで、唆《そその》かされたはずだ。『こうすればバレないから、やってしまえばいい』と」

拓海が半歩下がる。一瞬、すぐに口を開きかけたのに黙った。今この状況で口を開けば、何をどう言っても自白になってしまうと思ったのだろう。だが沈黙ですら自白になる状況というのもある。それにもう遅い。拓海がジョン・スミスのことを「知らない」のではなく「黙っている」らしいと分かった以上、王子は拷問してでも訊き出しかねない。いや、このまま王室庁に引き渡して、王室庁がするのかもしれない。

王子は声のトーンを落として囁くようにする。「勘違いするな。僕たちはあんたの味方だ」

懐柔しようとしている。そういうものは下手だろうと思っていたが、そうでもないようだ。

「今になって、自分でもおかしかったと思っているんだろう？　たとえどんな動機があったとしても、三山遥を……しかもあんな手の込んだ方法で殺すなんて、普通ならありえない」翠色の目が拓海を射貫《いぬ》く。「その通りなんだ。あんたは薬を盛られていた。自制心が弱くなる、一種の自白薬みたいなものをな。本当の犯人はジョン・スミスだ。……奴とはどういうきっかけで知りあって、その後どこで会った？　一緒に食事をしたか酒を飲んだだろう？　自分のグラスをちゃんと見ていたか？　奴は変わった香水をつけてはいなかったか？」

たったそれだけで作用する可能性のある薬。あらためて考えるとぞっとする。

王子が拓海のシャツを摑む。「話すんだ。情報次第で特捜本部にかけあってやる。あんたは心《しん》神耗弱《こうじゃく》状態だった。本来は減刑されるべきなのに、奴の使った薬が認知されていないせいで誰もそれを認めてくれない。あんたの刑を軽くできるのは僕たちだけなんだぞ」

「東池袋《ひがしいけぶくろ》のバーで……」

王子が動きを止める。拓海の声はかすれていた。「……身の上話をされたんです。あんまり俺と境遇が似ているから、つい突っ込んだ話をしちゃって……」

「それが奴の手口だ。リーディングの天才なんだ。あっという間に他人の警戒心を解く」

「最初は本当に、そんなつもりはなかったんです。でも確かに、酒、飲んでるうちにそんな気になってきて。……頭が妙に冴《さ》えてきて、どうしてこんな簡単な方法に今まで気付かなかったんだろう、って思えてきて」

「なぜ三山遥を」

「バーの名前は？」

王子と同時に質問してしまい、王子からは順番待ちに割り込まれたような顔で睨まれた。そうだ。つい刑事の頭で動いてしまうが、俺たちにとって重要なのはそこではない。

「結婚前から時々行ってたんです。東池袋の『バッカス』ってバーで……」

拓海の体から突然、音楽が鳴りだした。王子がぱっと離れる。拓海はきょろきょろとしていたが、音源が自分の体にあると気付くとシャツとズボンのポケットを探りだした。メンデルスゾーンの弦楽四重奏曲第六番、第一楽章。拓海が携帯を出すと演奏が止まり、人の声が聞こえ始めた。

――おお、ちゃんと動いたね。……長田拓海君。こんにちは。

拓海が自分の携帯を見て目を見開いている。マルウェアを仕込まれて勝手に動いているらしい。だとすると、これまでの会話も聞かれていたのだろうか。

王子は拓海に肩を寄せると囁いた。「まずいことになっている、と言え。すぐに会って話をしたい、と」

王子の勢いに圧《お》されたか、拓海はあたふたと早口になった。「あ、あの、まずいことに」

――いや、君もう捕まってるでしょ。自首しても構わないけど、余計なことは話さないようにね。まあ、話しても無駄だけど。

咄嗟に周囲を見回した。王子もそうしている。石碑の裏。遊歩道。樹の陰。

二十メートルほど離れた樹々の間に男が立っていた。どこかから来たのではなく、その位置に突然湧いたように見えた。金色の髪が薄暗い林の中で妙に目立つ。身長170㎝前後。中肉中背。灰色のボタンダウンシャツに灰色のズボン。人着を確認してもどこか手応えがなく、実在感のうすい男だった。あいつは本当に二十メートル先に立っているのか。何か平面的に見えるというか、距離感がない。陽炎《かげろう》のように近付けば近付いただけ離れ、最後には薄まって消えるのではないか。

だが王子はそんなことを考えてはいなかった。草を蹴る音がしたと思うと、前にある邪魔なベンチを兎《うさぎ》のように飛び越して走り出す。こちらもベンチに駆け上がって後を追う。飛び越えるほどの身軽さは二十年前になくしたが、それでもそう遅れはしない。

王子の背中に追いつきかけたところで破裂音が響いた。銃声だという可能性はすぐに浮かんだが、まず物陰に隠れるべきところなのに、思わず周囲を見回してしまった。

しまった、と思った時にはもう、十メートルほどの距離で照準をつけられていた。新たに現れたのは中国系とおぼしき男だった。身長１６５㎝程度、小太り、茶色のポロシャツにジャンパー、下はグレーのデニム。拳銃を構える動作に手慣れた様子がある。傍らの王子を見ると、王子は反対側を見ていた。視線の先、反対側では、イラン系と思われる男が銃口をこちらに向けていた。国際色豊かなことだ。それは同時に、敵組織の広がりと人員の豊富さを意味していた。そして二人とも銃口が全くぶれず、きっちりとこちらの心臓を狙っている。どうやら、俺よりはるかに健康的な生活をしている連中のようだった。正面からやりあっても勝てない。

俺はゆっくりと両手を挙げた。それ以外の動きはできなかった。応援を呼ぶ動作をした瞬間に射殺されるだろう。重心を変えるふりをしながら半歩動き、せめて中国系の男の射線から王子の体幹を隠すことにする。

落ち着け。銃を向けられるイコール殺される、ではない。自分に言い聞かせる。狙ってきている二人は完璧に照準しているにもかかわらず動いていない。金髪の男の指示がないと撃てないはずだ。

　だが後ろで王子の呟きが聞こえた。「velle……」

　一瞬、いやな感覚が全身を走った。同時に王子が動き、ジャケットの内側に手を突っ込んだ。

「よせ！」

　咄嗟に腕を押さえる。やはり拳銃を出していた。手首を掴んで捻《ひね》り、抵抗しようとした動きに合わせて銃身を掴んで奪う。

「Ei,mikä ze teet?」

「うるせえ。死ぬ気か？」さっきより力を入れたまま停止している中国系の男を見ながら、王子から奪った銃を捨てる。「抵抗しない。待ってくれ」

　金髪の男の声が聞こえた。

「You're lucky to have such a good buddy.」

　振り返ると、金髪の男は笑いながら手を叩いていた。

「……John Smith?」

「Exactly. 卿《けい》は日本人だね。余《よ》のトリックを解いたのは卿かい？」

「違う。……いや、あんたの日本語もいろいろ違うが」

「Really?　おかしいな。大好きな作品のキャラが確かにこう言っていたんだが」

心当たりがないでもないが。「三山遥に対する殺人教唆は認めるな？」

「いかにも。どうだった？　最初は別のトリックを使うつもりだったんだが、タックミーから状況を聞いて、こっちが使えるなって思ったんだ。ナイス余！」ジョン・スミスは親指を立てた。

『この臨機応変さ。もう『BLACK LAGOON』のロックレベルじゃね？[*9]　って密《ひそ》かにジゴディンしてる」

「誰だ？『自画自賛』か？」

「日本人に分かりやすく言うならコルホーズの雪を菅田将暉《すだまさき》が見るレベルだ」

「ちょっと何言ってるか分からんが[*10]」

つい反応してしまうが、言葉と状況と自分の感情が全く嚙み合わないことに混乱していた。あっさり殺人教唆を認めたこの男はなぜこんなにヘラヘラしているのだろうか。しかも日本で銃砲等不法所持、武装した兵隊をひけらかしながら、だ。外国人の態度が文化の違いゆえに奇妙に映ってしまう、ということはよくあるが、そういったものでもない。こいつ個人がおかしいのだ。だが、とにかく話に応じてくれているうちに仕事をしなければならない。俺は両手を挙げたま

＊9　広江礼威／小学館。タイの架空の街を舞台にマフィアや海賊が暴れるアクション作品。「ロック」は主人公・岡島緑郎の異名。誘拐されて巻き込まれただけの普通の商社マンだが、えらく頭がいい。
＊10　『枕草子』第二八〇段「雪のいと高う降りたるを」。

ま訊いた。「長田拓海とはどこで知り合った？　そもそも彼をどうやって見つけたんだ？」

「『カーペット転回トリック』ことトリック№.26の売りは『普通の家で実行可能』なところなんだ。ドアガードがかかっている普通の家が密室になるなんて、一周回って乙だろう？　ごく普通の、うちの家も密室になるかもしれない、っていうのは、読者にとっても楽しいんじゃないかな」

会話が成立していない。「『読者』……？」

「少し準備が大変なのと、手がかりが多く残ってしまうのは海女《あま》にキスだが、『扼殺』っていうのもSSRだろ？」

「何言ってるか分からんが」感情が捩《ねじ》れる。なぜこいつはこんなに楽しそうなのか。怒りが方向性を見失い、手応えがなくなっていく。「……まさか、それをやってみたくて長田拓海を唆したのか？」

「もちろんさ！」ジョン・スミスは笑顔になった。「変なことを言うようだけど、ありがとう。やっぱりトリックは実行するだけじゃダメ。解かれてマンボだと思うんだ。解いてもらわなければ全貌が分からないからね。小説は読者が読んでくれてはじめて完成するものだろう？　予定していた№.41はできなかったけど、実行条件がSSRな№.26を成仏させられて本当に嬉《うれ》しいよ。それも憧れのニホンでだ！　夢が一つ叶《かな》った。『このジョン・スミスには夢がある！』ってね」

やはり嚙み合わない。日本語能力のせいではない。奴の目だ。こちらを見ているのに見ていない。いや、こちらを同じ人間として見ていないのだろうか。人間用の言葉を用いて話しかけてくるがただそれだけで、この男にはそもそも「会話」をする気がないのだ。

「諦めてたつもりなんだ。人には生まれつきの立場がある。だけど諦めきれなかった。『もし諦めきれるんなら、そんなもん夢じゃねえ』もんね」

「……あんたの夢ってのは、殺人事件を起こすことか？　被害者がいるんだぞ」

「『覚悟はいいか？　オレはできてる』ってね。そうだ名言を思いついたよ。『他人を踏みつける覚悟もないヤツが夢を語るな！』」

「そうやってふざけてるつもりなのか」雑な理解だということは分かっていたが、こんな奴の解像度を上げたくはなかった。「日本でそんなことをして逃げられると思うか？　Red Notice が回ってるぞ」

「僕は負けないよ。いつか絶対無理だと思ってた№66も発表して、大ヒットさせてみせる。『〝絶望〟してもなお諦めない人間に、〝夢を叶える〟能力《チカラ》は宿る』んだから」ジョン・スミスはこちらを指さした。「その時の相棒《"Buddy"》はやっぱり君がいいな。Mika.」

王子を見る。銃口を向けられても反撃しようとしていた王子は、指さされて初めて、怯んだようにあとじさった。

「だから頑張ってついてきてくれよ！『一人だけがどんなにがんばってても、強くても、場が盛り上がらなければそのジャンルは衰退します。必要なんです。ライバルが』！　二人で大麻を切削して、盛り上げていこう！」

落ち葉を踏みしめる音がかすかに聞こえた。とっさに動いて、駆《か》け出そうとした王子に組みつく。

「離せ」

「よせ。死ぬ気か」

銃声が響いた。撃たれた、と思ったが体のどこにも感触はない。王子も周囲を見回している。

銃声が続く。中国系の男が手を撃ち抜かれ、紅い血飛沫《ちしぶき》を飛ばして銃を取り落とした。イラン系の男が何か叫びながら撃ち返し、ジョン・スミスに駆け寄る。

男の視線の先を追うと、樹々の間で鶯色のカーディガンが揺れていた。

「……敷島さん」

「王子を連れて樹の陰に」敷島は銃を構えたままマガジンを外して落とすと同時に、腕にかけていたかごバッグから予備のマガジンを出して装塡し、三点バーストで連射し始めた。動きが速すぎる。

王子を引っぱって手近な樹の陰に隠れる。イラン系の男はジョン・スミスに寄り添って逃げていった。続く中国系の男も何か叫びながら、振り返りざまに二、三発片手撃ちしながら逃げていく。あれはただの威嚇《いかく》だと分かっていても心臓が跳ねる。こちらは、クラッカーの鳴るパーティーなど何十年も出ていないのだ。

「……二人とも、お怪我はありませんか？」

敷島は敵が逃げていったのを確認し、ついでに周囲も確認すると、しなくてもいいのに銃をくるりと一回転させつつかごバッグに戻した。「王室庁の方も呼んでますから。あとはあちらに任せましょう。捕まえるのはちょっと難しいかもしれませんが」

ここまで駆け上がってきたのだろう。敷島はかごバッグからリボンのついたハンドタオルを出し、眼鏡をずらして汗を押さえると、お疲れさまでした、と軽い調子で言った。

「……助かりました。ありがとうございます」

「ミカ王子から電話をもらったので、ひとまず私だけ先行してきたわけですけども」

敷島は腰に手を当てて王子に詰め寄った。「ミカ王子。一人で出かけちゃダメって申し上げましたよね」

いや俺もいたんだが、と思うが、敷島は無表情のまま、首をすぼめる王子をさらに叱る。「お出かけする時はどこに誰と一緒に行って、何時までに帰るか。ちゃんとメールを入れてください。心配するでしょう」

子供扱いだ。だが王子は俯いて目をそらしているだけだった。

敷島は王子にお説教しながらも、ちゃんと落としたマガジンを拾い、すぐ目につく範囲で薬《やっ》莢《きょう》も回収している。後ろで足音がし、振り返ると、スーツを着た数名の男女が長田拓海を拘束していた。その中には見覚えのある眼鏡の男もいた。

敷島が言う。「ここは彼らに任せて、本部庁舎《おうち》に戻りましょうか。殺人事件《コロシ》の方は解決しましたので」

そうしたかった。危険手当の申請がまだだ。

8

霞《かすみ》が関《せき》までは車でも一時間半かかるが、最初の三十分、練馬《ねりま》ＩＣあたりまでの間、助手席の王子は一言も喋らなかった。ただ前を見ていただけだ。

俺は運転しながら思い出そうとしていた。北欧の言語はほとんど知らないが、メリニ語、というかメリニアには周囲と違う文化があることは何かで読んで知っていた。

「……"velle"と言っていたな」アクセルを離し、前のトラックとの車間距離を保つ。「『兄さん』だったたか？　意味は」

日本語では普通のことだが、欧米では通常、兄弟姉妹を「兄さん」「姉さん」等とは呼ばず、名前で呼ぶ。だがメリニ語は例外で、それは国土の狭い島国で家族的つながりが強いせいもある。もちろん、大事なのはメリニ語の豆知識ではない。

「たしかにそっくりだ。まあ、あんたの方が男前だってことは認めてやってもいいが」疑問はたくさんある。「昔の国際ニュースを確認したが、アロン第一王子は死んだんじゃないのか？　四年前の飛行機事故で」

かなり大きなニュースだったので、信号待ちの間にちょっと検索しただけでもすぐに出てきた。四年前、メリニアの王族を乗せ出国する予定だったプライベートジェットが離陸後に墜落。乗っていたのは数名のスタッフと王室のアロン第一王子、それにミカ第三王子。ミカ王子は一命をとりとめたものの事故のショックが大きく、以後は公務を休んで人前にはめったに出ていない。そしてアロン第一王子は事故時に行方不明になり、警察は状況から死亡を認定した――BBCもCNNもそう報じていた。

だが、さっき見たジョン・スミスはミカ王子によく似た……ニュース画像で見たアロン第一王子の顔をしていた。

「あんたが直々に動かざるを得ないのはそれも理由か」

メリニアンマフィアと組んでヤバい薬の開発をしているジョン・スミスがアロン第一王子だとばれれば、王室にとっては致命的なスキャンダルだ。常識的に考えればアロン王子の生存など誰も信じないだろうが、疑惑にはなる。メリニア国内で王室を支えているのが世論だけだとするならば、いち早く消さねばならない火種ということになる。それも、できる限り身内だけで。

「……だが、アロン王子はなぜマフィアと組んでいる？　歳がいってからの反抗期だというなら、面倒なことになるが」

王子は顔をそむけ、窓枠に肘を乗せて頬杖《ほおづえ》をついた。「……組むわけがない。だから、あれはアロンじゃない」

「あんたのことをMikaと呼んでいたぞ。メリニア王国の第三王子ってのは、見ず知らずの他人から気軽に名前で呼ばれるほど庶民派なのか」

「アロンじゃない」王子はこちらを向いた。「ニュースを見たなら分かるだろう。アロンはあの事故で死んだ」

「見たのか」

「見たさ。崖の下で炎に追い詰められていた。あれで生きて帰れるわけがない」

直接、死んだ瞬間は見ていないらしい。まあ、兄が目の前で焼け死んでいくのをじっくり眺めていられるやつは正気じゃないし、間違って眺めてしまったらやはり正気じゃいられなくなるだろう。

「それじゃ死んだとは限らないだろう。海に飛び込んだとか、崖をよじ登ったとか。死の迫った人間はやばい力を出す。文字通り『火事場の馬鹿力』だ」

「それでも無理だ。絶対に」

忘れられないのだろう。王子は事故時のことをかなり詳細に話した。崖の中腹、逃げ場のない岩棚。怪我をして速くは動けず、炎がローラーでもかけるように隙間なく、端から迫ってくる。周囲はすべて燃えるkanerva《カネルヴァ》の花。海に飛び込めば衝撃で死ぬし、崖には窪み一つなく、這い上がる体力もとっかかりもなかった。檻《おり》の中だ。

「……炎に飛び込んだのかもしれんぞ」

「土竜《もぐら》なのか？　ジョン・スミスには全く火傷の痕がなかった。こういうふうなやつがな」

王子はシャツを引っぱり、腹を見せた。脇腹に溶接したような模様が残っている。「本当に土竜になるのも無理だ。ショベルカーでもない限り、絡み合ったkanervaの根を掘り起こすことがそもそもできない」

となれば、自分の周囲の草だけ取り払って燃えなくすることも無理、というわけだ。もっともそんな方法を試みたところで、周囲を炎に巻かれれば死ぬ。

「……分かっただろう。ジョン・スミスは兄《アロン》ではありえない。あれはアロンを装った偽者のはずだ」

「そうだな」俺はそこまでにして、ハンドルを握り直した。「王族を騙《かた》るとはけしからんな。とっ捕まえてぶち込もうじゃないか」

王子は腕組みをしてシートにどかりと背中をぶつけた。「当然だ」

前を走るトラックの尻を見ながら想像する。さっき見たジョン・スミスに怪我がなかったのは、見える範囲だけだった。服で隠れている部分はどうなのか。

もし何もないなら、ただ単に自分を王子だと思い込んでいる、頭のおかしい科学者。

だが傷痕があるなら、本物のアロン王子だという可能性もあるのではないか。

二十メートル先、樹々の間に立っていた男の姿が二重写しになる。あいつは、どっちだ。

もっとも、事故時の状況がミカ王子の証言通りなら、アロン王子はそもそも生存自体が不可能だ。たとえ何かの偶然で生き延びたとしても、服で隠せる傷痕程度で済むはずがない。

……それとも、それも№.いくつかのトリックでなんとかしたのだろうか。

とっ捕まえてそこを確かめてやる。そもそも、銃を突きつけられたのだ。きっちり日本式のおもてなしをしてやらねばならない。

面白くなってきた、と思い、そんな自分に少し驚いていた。もう血が沸くような歳じゃないと、勝手に決めつけていたようだ。


自分の所属が国際犯罪対策課から「組織犯罪対策部長付」になったことは理解していたが、部長室が本拠地になるとは思っていなかった。だが本部庁舎の駐車場に入ったまさにその瞬間、敷島から電話でそこに呼び出されたし、ノックをすると当然のように中から「いますよ」という軽い声が聞こえた。

入って敬礼すると、敷島は応接セットで拳銃を解体し、手入れをしているところだった。

「本郷馨、及びユリアン・フォーゲル、参りました」

「お疲れ様です」敷島はスライドにバレルを差し込んだ。射撃場でやれ射撃場で、と思う。「おなかが減ったでしょう。ごはんが今、届きました。どうぞ」

マガジンの横にどんぶりが並んでいる。手回しがいいことだが、開けてみるとカツ丼だった。

わざとだろうか。

「カツだね。日本の」王子の方は何の遠慮もなく敷島の向かいに座った。「うわ、カツのオムレツ？」

「このへんではこの但馬屋《たじまや》のが一番うまいよ」部長は得意顔で丼を指し示す。「冷めないうちに食べなさい。但馬屋のは冷めてもうまいけどね」

組織犯罪対策部長にカツ丼を勧められるというのはどういう状況だろうか。王子の方は笑顔になり、得意顔で割り箸を咥《くわ》え、口で割っている。「うん。いい音だ」

何を知ったかぶって、と思うが、車の中のような深刻さが消えたのはよかった。部長に見られての飯などぞっとしないが、そういえば昼飯がずっとお預けで腹は減っている。ありがたくいただく以外になかった。

「食べながら聞いてください」銃を組み立てながら敷島が言う。「長田拓海は犯行を認めました。今のところ、事件そのものについては完落ちです。犯行方法は王子が推理した通り」

王子は「当然だ」という顔でカツ丼をもぐもぐ食べている。一杯に頬張りはしないところが王族らしいが、カツ丼の方はいたく気に入ったらしい。

「動機についても自白しましたが」敷島が軽い音をたてて遊底を引き、銃口を窓に向けてサイトを覗く。

俺は言った。「『失恋』ですか。三山遥に対する」

「そういったところです」敷島は無表情のまま銃をかごバッグにしまう。「妊活をしている、と聞いた時から殺意はあったそうですが、犯行当日、部屋で二人になった時に『妊娠した』と嬉しそうに告げられたそうです。それで最後の決意が固まった、と供述しています」

「ちょっと待ってくれ」王子が箸を置く。「三山遥も長田拓海も結婚しているじゃないか。どちらも夫婦仲が悪いようには見えないし、不倫もありえないって……」

「それでも、失恋なんだよ」俺は王子を遮って言った。「長田拓海はこれまでもずっと、耐えてきたんだろう。それが限界に達した。『もう耐えられない。それならいっそ殺してしまえばいい』ってわけだ」

「わけがわからないぞ？」

「そりゃそうだ。普通はありえない」あんたの年齢で分かるもんか、と言うのはやめておいた。「だがな。『失恋』が振られたその時に完結すると思っていたら大間違いだ。失恋てのは自分が完全に忘れるか、相手が死ぬとかして可能性ゼロが確定するまで続くもんなんだよ」

王子は「分からない」という顔でいぶかっている。だが、俺には分かる。現に今、色気ゼロの組織犯罪対策部長室にいながら、アミリアの顔が浮かんでいる。あいつは今頃どうしているのだろうか。結婚したのだろうか。誰とどこに住んでいるのだろうか。子供はいるのだろうか。……俺のことはもうとっくに忘れただろうか。いつか再会する時があるだろうか。あったら、古き良き友人として笑顔を交わせるのだろうか。

まるで呪いだ、と思う。長田拓海もこれにやられたのだろう。

「長田拓海は確かに、高校だか大学だかの時に振られたんだろう。だがそれでも、三山遥が近くにいて、顔を合わせる以上、忘れられなかった。会わなきゃいいんだろうが、いつか自分にもチャンスがある、と思っちまうんだろうな。三山遥に彼氏ができた、と知ってまた失恋し、結婚する、と言われてまた失恋する。あげくに『友人代表』としてスピーチまで頼まれる。惚れた女と、それを取った男を祝うためにな。……こう言えば分かるか？」

王子は腕を組んでいる。

「そこで諦めたなら、結婚を機に離れりゃいい。だが長田拓海はそれすらできなかった。もしかして、夫婦仲がうまくいかないでくれたら——と、そう考えちまったんだろう。そこに追加で一発が来る。『妊活をしている』。考えるのも嫌だっただろうが、想像しちまっただろうさ。その後、嬉しそうに『赤ちゃんができた』と伝えられる」

「大変、キモいです」敷島が無表情で言った。「私は理解できないほうですね」

「僕はちょっと分かるけどねえ。男ってのはそんなもんだよ」部長はなぜかにこにこしている。この人もこの人で少しおかしい。「文学部の時子《ときこ》さん、元気かなあ」

「必ずしも『自分のものにするため』だけじゃない。自分の気持ちを知っていながら、一向に離れていこうとしない三山遥に対する逆恨みの気持ちもあったんだろう」

王子は目を細める。理解できていないようだが、嫌味を言うのはやめておいた。こいつの立場を考えれば、これまで恋愛などする暇はなかっただろう。そこをつくのはアンフェアだ。

「まあ、いい。分かった」王子は箸を取った。「どちらにしろ、ジョン・スミスの情報は入らなかったんだろう？」

「東池袋の『バッカス』は調べていますが、素性の分からない常連、という程度のようですね」

敷島がマガジンに弾丸を込める。『被験者』候補の選定はウェブからのようです。長田拓海はウェブ上の相談サイトに『恋愛の悩み』を投稿したそうですから」

「そうか」王子は持ち上げた丼を見る。「しかし、こいつは随分と甘く煮るんだな」

「こうして辛くすると、もっと美味《うま》い」俺は付属の七味をかけた。「こっちの方が人生の味に似てるぞ」


自宅のマンションに向かう道を歩きながら、今日は長い日だった、と思った。新人時代に警備で一日中立っていたことがあるが、あの日よりさらに長く感じる。朝一番に突然の呼び出し。課長に部長に敷島。そしてあの王子。いきなり特捜本部事件に関わらされ、しかも常識外れの「密室殺人」ときた。それを半日で解決し、銃を突きつけられ、本部庁舎《カイシャ》に戻ってからは大急ぎで引継ぎ作業をしていた。しかも現場は清瀬市。我が家のある堀切《ほりきり》から見れば東京の反対側だ。働きすぎたのに、自宅も遠い。そしてその自宅に帰っても何があるわけでもなく、ただシャワーを浴びて寝るだけだった。そういえばシンクの汚れ物が昨日からそのままだ。

生温い夜風がびゅう、と背中を押してくる。路上で吹き飛ばされる落ち葉の中に白っぽいものが交ざっている。桜の花弁だ。歩きながら見上げると、まだわずかに花をつけた桜の樹があった。綺麗に散りきったりはしない。現実はそんなものだ。

重い脚を引きずって自宅のドアに辿り着き、鍵を差し込む。そこで気付いた。回す感触がおかしい。

――開いていた？

とっさに鞄《かばん》を床に置き、半身になって一気にドアを開ける。明かりがすべてついている。誰かが中にいる。

だが、中からは聞き覚えのある声が飛んできた。

「遅いな。やっぱり slug か」

冗談だろう、と思った。自宅に着いたのだ。なぜまだ仕事が終わらない。

「まあ、今回の働きに免じてその呼び方はやめてやろう。馨《kaoru》――長いな。Karu でいいか」

王子だった。しかも緑のスウェットに着替え、明らかにくつろいでいる。

「……なぜ、ここにいる」

「敷島から聞いていなかったのか？」王子は腕を組んだ。「僕は密入国しているんだぞ。部屋が借りられると思うか？」

「偉そうに言うな」リビングからテレビの音すら聞こえる。「王子だろう。高級ホテルでもどこでも泊まればいいじゃないか」

「そんな目立つ真似《まね》ができると思うか？　それに敷島から聞いただろう。今の僕はMs.アミリアの子供。マーカス・モンロー・スチュアートだ。早く入れ。目立つ」

「おい。待て何だその匂いは。戸棚のピエール・エルメ食いやがったな」

「あんたこそ一人でgyu-donを食べてきたな。こっちはデリバリーのピザだったんだぞ」

「そっちの方が高いじゃねえか」

とにかく上がる。帰ってきたばかりなのに、明るくて暖かい部屋。こういうのは俺の生活にはなかったはずだ。おかしな感覚だった。「冗談じゃないぞ」

心底そう思った。まさか王子様と一緒に生活しろというのだろうか。時間帯は遅いが、早急に敷島にクレーム電話を入れなければならない。

Case

II

胡乱《うろん》な不在

1

二十二回目の時に、カーペットの毛の間に金色の髪の毛が落ちていることに気付いた。二十三回目でそれが思ったより長いことに気付く。二十四回目は「取って捨てたい」と思うだけで終わる。金髪は抜けると目立たない。というより黒髪が目立つのだろう。自分の髪でも、落ちたのが白髪の時は目立たない。そう考えながらなんとか二十五回目を終える。近付いた金髪が離れる。すぐにまた近付く。あと五回これをやらなければならない。腕立て伏せなどとんとやっていなかったが、やっぱり本当なのだ、と思った。二十一回目あたりからもうきつかった。俺は本当に、腕立て伏せ連続三十回がきつい体になってしまっている。これが現実なのだ。前回は「久し振りだから」と思って自分を誤魔化せたが、もう言い訳はきかない。二十八。衰えすぎた。二十……九。恥ずかしいことに腕が震えている。爪先が滑る気がする。そのせいで畳の上より二割増しでつらい。そしてそんなことを言っている時点で限界が近いのだった。調子がいい時は気にならないようなことだ。

最後の三十を放り込むように済ませ、カーペットの上にうつ伏せに崩れる。もう一セットやるつもりだったが、それは夜にしよう。というより一セット二十回に留めておいた方がいいかもしれない。腹筋もつりそうだし太腿《ふともも》も張っている。

トレーニングなどしばらくやっていなかった。いや、歳を取ったことによりその「しばらく」が四年や五年を意味するようになっている。そして頭が加齢による時の加速を馬鹿面で傍観している間も、体の方は兎と亀の亀よろしく勤勉に、その四年だか五年だかの分、肉体を一定速度で衰えさせ続けていたのだ。正直、ここまでできないとは思っていなかった。だが四十五の人間が何の対策もせずに五十になったと考えれば、相応の衰え方だ。レンタルビデオを五年間返却しなければ、計算通りに五年分の延滞料金が溜まる。それを五年後に初めて見たら、驚く額になっているのは当然だ。誰一人として意地悪もいんちきもしていない。そういうことだった。いや、最近ではレンタルビデオなど借りず、コンテンツのDL《ダウンロード》で済ませるのか。

……あの王子に会ってからというもの、時が流れている、という事実に気付かされてばかりだ。

まるで昔の名簿を引っぱりだして、友人知人への借金を一斉に返そうとしているかのようだった。これまでは五年分の老化を意識せずに過ごしてこれたが、それは単に「五年分の時間を借金していた」というだけだったらしい。こんなにあちこちから借りていたのだ。

目の前にさっきの金色の髪の毛があり、焦点が合う。気になるたちで、つまんで屑籠に捨てたかったが、立ち上がるにはもう一度腕で体を持ち上げねばならず億劫《おっくう》だった。しかもその横にもう一本、どうやらもっと長いらしい金髪が落ちていることに気付く。週末にちゃんと掃除はしたのにこれだ。当然といえば当然のことなのに忘れていた。二人の人間が住んでいれば、汚れる速度も二倍になる。

先週はばたばたしていたせいで、そんなことにすら気付いていなかったのだろう。いきなり俺の部屋でもう一人が暮らすことになったのだから大変だった。本質的に仮住まいでしかない学生の頃のアパートや、新人の頃の独身寮とは違う。寮を出てそろそろ二十年。自分のためだけに体に合う座椅子を選び、自分のルーチンに合わせてタオルを仕舞う場所を決め、自分の体臭が沁みついたがゆえにこれ以上なく安楽に熟成された唯一無二のベッドで寝ていたところに、いきなり他人が入ってきたのだ。何よりもまず、人間一人分の体というのはひどく場所を取って邪魔だった。葛飾《かつしか》区堀切という家賃の安い地域にあるおかげで一人で暮らすには快適な広さのマンションだったが、二人になると手狭だった。相手を避けて歩き、相手のいないところに座り、相手の視線が気になって裸で歩き回ることもできない。たとえスペースに余裕があっても、ただそれだけでひどく窮屈なのだということに今更ながらに気付く。しかも王子はさすがに王子であり、入浴後もきちんと浴衣の帯を締めてから（パジャマやガウンでいいだろうに、わざわざこれは持参していた）浴室のドアを開けるような立ち居振る舞いだったから、こちらも相応にきちんとしていなければならなかった。帰宅して玄関のドアを閉めた瞬間にゼロにできるはずの緊張が一割か二割、残ったままになるというのは、三日目あたりから地味にこたえた。

それに、最初の生活準備の疲労がまだ残っている、というのもある。王子は最低限の私物しか持っておらず、着替えから食器類、布団一式に至るまで、新たに揃えなければならなかったのだ。なにしろ一時的に泊まっていくだけでなく、うちで生活するという。敷島は（なぜか楽しげに）「二人で選んだ方がいいでしょう。領収書は取っておいてください」と言うだけで、王室庁の人間もいるはずなのに王子の生活用品一式が届くようなこともなく、普通にホームセンターに行き、王子と相談しながら――というより、出鱈目《でたらめ》や思い付きでずれたことを言う王子をなだめながら俺が選んで買った。1LDKで二人が暮らすというのに「プライベートなんだから庶民的なものにするんだ」と言いつつソファセットを選び始めるような奴の意見が参考になるはずがなかったが、「プライベート」「プライベートだから」とやたらと繰り返しつつ頬を紅潮させて歩き回る王子は「庶民はこうなんだ」と言えば九割がた納得したので、誘導は楽と言えば楽だった。ちょろい王族だ。メリニアの未来が心配になる。

だが王子に対しては時々、王族であることを忘れそうにすらなった。北欧メリニア王国の第三王子だって、名乗らず街に交ざってしまえば「何か只者《ただもの》ではなさそうな、綺麗な金髪の青年」に過ぎないのだ。王子自身も王子として扱われることを明らかに避けていたし、毎日、定時に王室庁の人間からかかってくる（と同時に王子が不機嫌になる）電話以外は特別な振る舞いも何もなかったのから、俺の接し方で問題はないのだろう、と納得するしかなかった。

立ち上がり、髪の毛をつまんで屑籠に入れ、ダイニングにつながる引き戸を開けると、その王子はまだ食卓にいた。箸を構えたまままったく動いていない。いや、眉間の皺が深くなっただろうか。この間からこっそりメリニ語を勉強しているので、「Tämä on ryökä.《これは食べ物だ》」と繰り返し呟いているのは分かる。

「赤瀬川源平《あかせがわげんぺい》によると、美術館に来た鑑賞者が一つの作品にかけるのは平均三分間だそうだが」

ぎくりとしてこちらを向いた王子に言う。「何十分楽しんでるんだ？　今日のスケジュールが納豆に潰されるぞ」

「その言葉は大嫌いだ」王子は自分の前に鎮座するパック入り納豆を指さした。「確認するぞ。こいつはこれが正常な状態なんだな？　古くて腐っているわけではないんだな？」

「古いし腐ってるさ。ヨーグルトと同じ程度には」

「糸をひいているぞ」

「溶けたチーズは好物だろ？」

「かき混ぜたら泡立ったぞ」

「だから無理をするなと言ったんだ。日本人だって納豆が苦手な奴はたくさんいる。仮に俺がおたくの国の晩餐《ばんさん》に招かれても、hapansilakka《ハパンシラッカ》は食べないぞ」

「こっちではhajuheeriga《ハユヘーリガ》だ。あれを食べられないようじゃガキだ」

「プライベートなんだろ？」

「プライベートだからだ。帰った時、まわりに『Natto にもチャレンジしたぞ』って言いたいだろ」

高校生のノリだ。だが考えてみればこの王子はまだ十六歳なのだった。「じゃあトーストに載せるか？　納豆トーストというのもあるぞ」

「嘘だ。騙されないぞ」

「チーズを載せてもいい」

「悪夢だ」

「早く食うか諦めるかしろ。朝が終わる」

土曜なので何を急ぐこともないが、こちらはジョギングに行ってきた上、王子が納豆と哲学的対話をしている間に筋トレまでできたので、ずいぶん充実した朝になった。三十年の歳月をかけて最適化されていた生活リズムが、同居人の出現により数日でほつれてバラバラになっていく。もっとも、俺自身の立場が組織犯罪対策部長の直属という例外的なものになり、王子とともにジョン・スミスの追跡のみに専念するという状態になっているので、仕事の方はリズムとかルーチンといったものが消滅したのだが。

そしてそれは、休日であろうと何だろうとお構いなしに仕事が入る、という意味でもあった。

鳴りだしたのは王子の携帯で、王子はこれまで溜めていた決意を霧散させられてしまった様子の腑《ふぬ》抜けた顔で通話に出た。

その王子の顔が変わった。「……Noted.」

部屋で着替えようとしていた俺も振り返らざるを得なかった。「どうした」

「Shikishimaからだ。ジョン・スミスが関わっている可能性のある事件が確認された。吉祥寺《きちじょうじ》だそうだ」

山手線《やまのて》の彼方だ。だが王子はさっと立ち上がり、食卓に残った納豆のパックを見ると、これまでの大騒ぎが嘘のように箸でぱっとかき込んでしまった。

「おい。大丈夫か」

「早く支度しろ。朝が終わるぞ」

2

それにしても可愛らしい店だ、と思う。外壁からしてエメラルドグリーンの板張りだったし、ドアは「絵本の世界の小さな家」そのもののカマボコ型。店内の壁一面に森の動物さんたちの絵が描かれており、天井から下がったフクロウさんのモビールがシーリングファンの風でくるくる回転している。椅子には毛糸のキルトがかけられており、店内に流れるのはピアノアレンジされたマザーグースの〈Hey,diddle diddle〉だ。アミリアが洗い物をしながら歌っていた、と思い出すが、ゆったり感傷に浸るほどリラックスできないし、敷島には是非訊かなくてはならない。

「……なんでこんな店にしたんです」

「一度行ってみたかったからです」向かいに座る敷島は無表情で首をかしげた。「業務上、店の選択は自由ですし」

追及しても無駄なようなので黙って肩をすくめる。例によってデートにでも行くかのようなオフホワイトのフレアワンピースに丸っこい形のミニバッグ（どうせ拳銃と予備弾倉が入っているのだろう）、という恰好の敷島は全く違和感がないし、同じスーツでも金髪翠眼《すいがん》の王子はむしろ馴染《なじ》みすぎて、遠くの席の女性二人組が何か囁きあいながらちらちら見てくるほどだが、普通のスーツを着た五十過ぎのおっさんである俺は浮きすぎて辛《つら》い。これは新手のパワハラではないだろうか、と思った。もっとも王子の方は電車の走行音に振り返り楽しげにしている。「こんな店のすぐ隣を高架線路が走っているのか。東京はすごいな」

「狭いんだよ。この街は」

「あそこに見えるのはWindsockか？　日本のは可愛いな。でもどうして一般家庭のヴェランダに出てるんだ？」

「あれは『鯉のぼり』だ。子供の成長を祈って出すんだ。鯉みたく図太くタフになれ、ってな」

なぜか敷島は、こちらを見て小さく頷きながらタブレットを出した。「混みあった店は避けた方がいい、というのもありましたので」

確かに午前中の開店すぐということもあり、客は遠くの席の女性二人組しかいない。だが壁のキリンさんがこちらを見てくるのが辛い。オーダーを取りにきたスタッフが俺と王子と敷島の間で視線を三周させたのも分かって辛い。

「ご注文はお決まりでしょうか」

「……カフェラテを」

「ほっこりカフェラテでよろしいですね？」

「それで」辛い。

敷島がメニューを一瞥する。「アボカドのタコライスとたこのタコライスとモンブランを」

早口言葉だろうか。「いえ、俺たちは」

「私の分ですが。それと食後に玄米トマトカレーを」

「食後……でよろしいですか？」

困惑するスタッフに対し、敷島は平然として「たこのマリネ」を追加した。そこに王子がアイスコーヒーを注文し、ロイヤルスマイルですべてを有耶無耶《うやむや》にした。いいコンビだ。漫才か何かなら。

ふわふわした足取りで階段を降りていくスタッフとの距離を横目で測りつつ、王子が身を乗り出す。敷島は無表情でそれを制して言った。「まず現状のご報告から。清瀬の件、長田拓海は起訴準備が進んでいますが、ジョン・スミスに関しては『バーで話しかけてきた』以前のことは何も知らないようです」

王子がお預けをくらった犬のように椅子に座り直す。壁のオウムさんがそれを見下ろしている。

「ただ、王室庁の調査の結果、やはり主としてウェブ上の書き込みを広く検索して『被験者』を探しているのだろう、ということは確認できました。SNSや相談サイトなどに悩み事や愚痴を書き込む人間は多いですが、その気になれば個人が特定できる、とは思っていない人間が大部分ですから」

壁のクマさんに見られてはいるが、ようやく仕事の頭になった。「しかし、ジョン・スミス本人がわざわざ何度も『被験者』に接触する意味は何でしょうね。SNAKE《くすり》を仕込んで犯罪を唆すだけなら、なにも本人が直々に出なくてもいい」

「もともと適任者なんだ。マジックもやるし、他人をたらしこむ話術も得意だ」王子が答えた。「……でも最大の理由は『自分でやりたいから』だろうね。子供の頃からずっと、この国には来たがっていた」

確かに、清瀬市の事件の時に邂逅《かいこう》したジョン・スミスは、そんな雰囲気のことを喋っていた。楽しげに、夢でも語るように。いや、本当にただ夢を語っていただけなのかもしれない。邪悪な夢も、夢ではある。

だが王子はきっちりとつけ加えた。「……ただし、それはジョン・スミスが本当にアロンならば、だ」

「まあ、その通りだな」俺も頷く。「本人に手錠《ワッパ》かけりゃ分かるでしょう」

仮に確保できなくとも、体に大きな火傷の痕があるかどうかが確認できれば、ひとまずジョン・スミスがアロン王子であるかどうかは分かることになる。アロン王子でなかった場合、彼は死亡していると確定してしまうことになるが、隣の王子がそれを承知しているかどうかは分からなかった。

「私もそれを期待しています」

敷島が視線を横に向ける。アイスコーヒーとカフェラテが運ばれてきた。俺のカフェラテにはラテアートで笑うネコが描かれていた。

敷島は周囲にスタッフがおらず、女性客二人も変わらず離れた位置にいるのを確認すると、出していたタブレットを操作した。「前の日曜つまり二十五日の午後二時半頃。三鷹《みたか》市下連雀《しもれんじゃく》にあるマンションの駐車場内で、三十代の男性が死亡しているのが見つかりました」

被害者の顔が表示された。ぼさぼさの茶髪に無精髭《ぶしょうひげ》。一見して清潔感がなく、堅気でないような印象も受ける。そして残念ながら、警察官のこうした偏見は99％正しい。

「見ての通り、あまりまっとうな人物とは言えません」敷島も眼鏡を直してそう言った。「三十八歳。本名は神田公一《かんだこういち》。職業は動画配信者で、そこでは明法寺光一《みょうほうじこういち》を名乗り『みょーちゃんねる』をほぼ一人で運営しています。この配信が、まっとうとは言いかねるものでした」

壁のクマさんとなんとなく目が合ったので、想像の中で「かごバッグに拳銃入れてる奴もまっとうとは言えないよな？」と頷きあう。

「配信内容は基本的に他人の悪口であったり、陰謀論であったり、というものです。人気アイドルの誰それは枕営業で有名だの、人気アプリに外国資本が入っていて個人情報を抜かれるだのといった内容で、それ自体は問題ないのですが」

大ありだ。警察官の言う「問題ない」は「ただちに刑事事件にまではならない」の意味であり、刑事以外の事件にならいくらでもなる。

「人気の企画に『加害者は今』というものがありました。過去、事件を起こした人間や、その関係者の居所を突き止めて突撃する様子を動画撮影し、逃げる相手を追い回したり謝罪を要求する、というものです」

しつこく追い回されカメラを向けられる、という経験に覚えがあるのか、王子が顔をしかめた。どうやって居所を摑んでいるのか知らないが、そもそも素人が追いかけ回せる、という時点で実刑をくらっていないか、くらってもすでに出てきているような相手ということになる。「加害者は今」などと言っているが、どう見ても配信する方が加害者だろう。

敷島も無表情のまま言った。「要するにリンチ、ほとんどの場合はいじめですね。しかしこれが好評で、神田公一は収益が期待できる人気配信者になったのですが」

敷島が言葉を切る。スタッフがたこのマリネを持ってきていた。俺はカフェラテを一口飲む。飲み方のせいか、ラテアートのネコはほとんど形が崩れないまま残った。

「当然のことながらネタにされた人間からは強い恨みを買います。過去のことを掘り返され、就職や結婚がふいになった人間も複数いるようです。まず間違いなく動機は怨恨でしょう。死因は頭部を数十回殴られたことによる脳挫傷。頭蓋骨はほとんど粉々で、丁寧に潰されたトマト、といった状態でしたので」

ご丁寧に死体の画像と、頭部の拡大画像まで見せてくる。「末路」という表現が相応《ふさわ》しい肉塊が大写しになっていた。どうでもいいが敷島にはこの後、タコライスが届くんじゃなかったか。

敷島はこちらが見ているタブレットに手を伸ばして操作し、三人の男の顔写真を表示させた。

「特に強い恨みを抱いていたと推測される人物が三名いました。この三名は『みょーちゃんねる』によって過去の事件が掘り返されたことによって直接的な被害を受けていた上、事件前、被害者宅を訪ねてもみ合いになったりと、実際に行動を起こしています」

それぞれの顔写真の横に氏名も表示されている。鈴木圭太《すずきけいた》（二二）。西中俊樹《にしなかとしき》（二八）。岡真人《おかまこと》（三二）。いずれも神田公一より年下だ。些細《ささい》なことだがそれも嫌だった。元は「加害者側」。そして神田の金儲《かねもう》けの「被害者」になり、そして今また神田を殺した「加害者」となったかもしれない三人。誰が犯人かは分からないが、真相が明らかになれば今度こそ人生は終わりだろう。

「三人がお互いのことを知っていた様子はなく、共犯の可能性は排除できます。ですが」どうやっているのか、敷島はたこのマリネをもぐもぐ食べながら、全く支障なく喋っている。「困ったことに三人とも不在証明《アリバイ》があります」

俺はカフェラテをもう一口、飲んだ。ラテアートのネコは歪《ゆが》んだまましぶとく残っている。

「……じゃあ、別の誰かがやったんじゃないんですか」

「その可能性は三鷹署の特捜本部の方が当たっていますが、これという人間は全く出ていません」敷島はタコにフォークを刺す。「また、三人のアリバイについては、少し気になる点があります」

王子が言う。「都合よく揃いすぎていて、作為《トリック》のにおいがする」

「まさに」敷島が頷く。「死亡推定時刻は日曜の午後二時頃。ですがその時間帯、この三人はいずれも別の場所にいたことが確かめられている」

「そう見せかけたんだ。ジョン・スミスならお手のものだ」

「か、どうか……確認してください」

了解、と応えて頷く。新たな仕事だ。これまではひたすら池袋を中心にジョン・スミスの目撃者を探しているだけだったが、こちらの方が張り合いがありそうだ。

カフェラテをあおって飲み干す。カップの底で、ラテアートのネコは結局最後までぼんやり残っていた。

3

今回のターゲットはこ・ち・ら。ネットではもう本名、判明していますね「S《エス》木《き》K《ケイ》太《た》」。うーん、読み方のせいで伏せ字にした意味がありません（**字幕：※あくまで伏せ字にしています（笑）**）。皆様覚えてますでしょうか。四年前の五月十五日。ジョンソンズバーガー永福町《えいふくちょう》駅前店で、高校バイトのバ（**ビープ音**）チンが、ポテト用のフライヤーの中にそこらのクズ野菜突っ込んで揚げまくる動画をアップしちゃいまして、大炎上しました。バ（**ビープ音**）ですねー。低（**ビープ音**）ですねー。どうしてわざわざアップしちゃうんでしょう。こっそりやれこっそり（笑）。

ところがですね。このバ（**ビープ音**）チンコは働いている店にさんざん迷惑をかけていながら、未成年ということで刑務所送りにならずに名前も出なかった（**字幕：↓S木K太**）ので、その後も何一つ罰を受けずに生活しています。どんな顔で生活しているんでしょうね？　マスコミは偏向報道をやめてきちんと追跡すべきだ！　なのにやらない！　というわけでみょーちゃんね、独自ルートですず……S《エス》木「K《ケイ》」太の現住所を突き止めました。これから突撃してまいります！

まずは丁寧にインターフォンを。ピンポーン。ピンポンピンポンポン（**字幕：連打。**）。すいませーんNHKです佐川急便です聖書お読みになったことありますかー？　新聞取りませんかー？　いらない宝石買い取りますよー。ハイ出てきたカメラ寄って！　はい逃げないおいコラドア閉めんな！

ローテーブルを挟んで向かいに座った鈴木圭太は、ごく自然に正座をしていた。自然すぎて、正座をしている、ということに気付くのが遅れたほどだった。俺たちを見た瞬間から覚悟を決めた顔をしていて、正座もきちんと体をこちらに向けている。ただの確認なのでリラックスしてください、と言ったら「ありがとうございます」と最敬礼された。これは知っている。受刑者によくある態度だ。真面目に反省している犯罪者は生活のすべてが「反省の時間」で訪問者全員を「謝罪すべき相手」であるかのように振る舞うことがよくある。動画の中とは違う真っ黒な坊主頭は修行僧のように見えなくもなかった。シャツの下の肩と上腕がかなり固く盛り上がっているが、意図的に鍛えているわけではないだろう。大学に進学し、第一志望の会社から内定をもらっていたが、神田の動画がきっかけになって特定され、取り消しになった。今は運送業者でアルバイトをしながら就職活動を続けているという。

「……バイト先にはそのこともすべて話しました。それなのに雇ってくれたんで。感謝しています」

視線を合わせず、テーブルの縁あたりに落としてぼそぼそと喋る。対照的に、王子はよく通る声で訊く。「それなのに今、また警察が来たことで迷惑している？」

「いいえ。当然のことだと思っています」

「我々が来た理由は神田公一――明法寺光一が殺害されたからです。簡単に言うとあなたは容疑者だ」

おい、とつつくが王子は勝手に喋る。「今のところマスコミは我々が止めていますが、どこから漏れればまた報道されるかもしれない。バイトテロで炎上した人間がそれを掘り返されたことにキレて動画配信者を殺害した疑い……。低俗なメディアなら大喜びで飛びつきそうなネタです」

「……当然のことだと思っています」

「全部明法寺光一のせいです。死んでまであなたに迷惑をかける。あなたの人生の邪魔をする。腹が立ちませんか？」

「いいえ」

「そもそもバイトテロって言うけど、フライヤーに入れていたのはゴミじゃなくちゃんと食べられる物だ。それなのにあんなに炎上するのがおかしい。それに当時は未成年だった。高校生だ。ちょっとくらいのバカはしでかすものだし、本来は社会が教育していかなければならないのに、社会はあなた一人を悪者にし、明法寺光一はあなたの本名をバラし、あなたが何年もこうして反省して頑張ってきたのに台無しにした。殺されても文句言えませんよね」

「いいえ。自業自得です」

「明法寺が？」

「自分がです。自分が非常識だったせいで、遊び半分で店にとんでもない迷惑をかけました。当然の報いだと思っています」

特に力を入れてこらえているような様子はなく、自然とそう応じている。言葉も真摯だった。謝罪の言葉の誠実さは「自分にとって痛い表現をどれだけ使えるか」で決まる。「不適切な表現」「遺憾」「一部の方に不快な思いをさせた」と逃げる奴ばかりな中で、鈴木はわざわざ、言わなくてもいい「自分が非常識」「遊び半分で」を付け加えている。少なくとも、「バイトテロ」に関しては本気で反省しているようだ。

……というより、見たところ、我慢の限界らしいのはどちらかというと王子の方だった。俺は背中をつついて囁く。「無理して正座するな。脚を崩せ」

王子は鋭い目つきでこちらをひと睨みすると、膝に力を入れたまま鈴木を見る。「繰り返しになりますが、二十五日の午後は何をしていましたか？」

「はい」何度もしているのだろう。鈴木は「その話ですね」と言いそうな雰囲気だった。「正午頃まで家にいました。それから秋葉原《あきはばら》に出かけて、一時前に駅で降りて、本屋で立ち読みを……買い物をしていて、二時頃に昼食のカレーを食べて、三時頃に電気屋に行きました」

王子がぴくりと反応した。「『ミトコスの人』を見たのは何時頃、どこですか？」

「二時過ぎに、電気街口付近の大通りです。右足の靴が壊れているようで、歩きにくそうでした」

ちらりと視線を向けてくる王子に目顔で頷く。やはりそう答えた。

鈴木圭太のアリバイは「犯行時刻には秋葉原にいた」というものだった。一人でいた上、本屋では何も買わずカレー屋のレシートも捨ててしまったとのことだったが、「二時過ぎに電気街口付近の大通りで『ミトコスの人』を見た」という証言には裏が取れた。確かにその時刻、「ミトコスの人」がその場所にいた、という目撃証言が通行人から出ていたのだ。しかも複数の通行人から「確かに右足の靴が壊れている様子だった」という証言まで出ている。

あの街特有の事情により「ミトコスの人」に関しては説明が必要になる。「コス」とは「コスチュームプレイ」……略して「コスプレ」のことで、「ミト」はアニメのキャラクター名。アニメの中そのものの、青い髪をしてセーラー服のようなものを着た人間が実際に街中を歩いていた、という話である。そこまでのコスプレはあの街でもあまり見ないものであるらしく、「ミトコスの人」はかなり目立っていたようだ。鈴木の供述と一致する複数の目撃証言があった。SNSに投稿した人間は現在のところいないようで、鈴木が後になって、SNSで見た話をさも自分で見たことであるかのように偽った、という可能性もない。

であれば鈴木圭太は事件時、現場から三十キロ離れた秋葉原にいた、ということになる。犯行は無理だ。そしてこうして現に会ってみても、鈴木圭太の態度に不審な点はなかった。訊くだけを訊き、王子も弾切れになったらしきタイミングで切り上げる。

「お時間をいただき、ありがとうございました。我々はこれで失礼します」

部屋を出ようとしたが、王子が立ち上がらない。平然とした顔を作っているのはたいしたものだが、足が痺《しび》れたのだろう。下から睨んでくるので、仕方なく鈴木に話し続けることにする。

「……あー、警察官としては、こういう私情は普通言わないんですが」王子がローテーブルに手をつき、無理矢理立ち上がろうとしているのを横目に言う。「あなたは随分、不公平な目に遭っている。同情します」

それまで表情を変えなかった鈴木の眉がぴくりと動いた。

王子もそれを確認してから、「ふっ」と息を吐いて立ち上がる。「……では、我々はこれで失礼する」

「生まれたての小鹿だな。ここはサバンナじゃない。もう少し座っていればいいだろう」

「必要ない」王子は足を引きずり、壁につかまり、引き戸につかまり、冷蔵庫のドアにつかまってようやく玄関に辿り着く。「必要ないぞ。正座くらいできる」

なぜそう意地をはるのか分からないが、苦笑して肩をすくめて見せると、鈴木は初めてわずかに表情を緩めた。

玄関から俺たちを見送る時、鈴木はずっと深く頭を下げていた。

鈴木圭太のアパートを出たところで、王子がまだ足を引きずりながら訊いてきた。「……どう思う」

「頑張って歩いてるじゃないか。slugよりゃだいぶ速い」

「奴のことだ」

「何とも言えんね」腕を組み、さりげなく立ち止まってやる。「だがあの場所に『ミトコスの人』がいたって情報は、現地にいなきゃ知りようがない。駅周辺ではわりと以前から見た人間がいるようだが、出現は不定期だそうだからな。先読みや当てずっぽうじゃ無理だ。そもそも、歩き方までちゃんと証言している」

「なら、本当にミトコスの人を用意したらどうだ？　共犯者にコスをさせて歩いてもらう」王子は力を入れて足を前に出し、立ち止まった俺を追い抜いていく。「コスプレをしていればメイクもかなり濃くなるし、通行人はコスプレイヤーの顔より衣装を見るだろう。同じ恰好をした別人に、ひと目につくように駅前を歩いてもらえばいい」

「そのくらいは特捜本部も考えるさ。現在、『ミトコスの人』本人を捜索中だ」

これに関しては人海戦術が必要で、俺たち二人ではどうしようもない。俺はようやく普通に歩くようになった王子に追いついた。駅に向かっているということは、次の容疑者に会いにいくつもりなのだろう。

4

今回のターゲットはこちら！　皆様ご記憶でしょうか。三年前、区職員へのセクハラ疑惑がありながら、なぜか不起訴になったあの区議。そう、西中保俊《やすとし》です。この件に関してはマスコミもなぜかだんまり。露骨に偏向報道でしたね。ですがみょーちゃんねるは見逃しません。区議の息子が住んでいるマンションを突き止めました！　今回はここに突撃してみようと思いますが、いやー、いいマンションですね（**字幕：高級マンション！**）。区議の息子ですもんね！　あれーおかしいな？　これって俺たちの税金じゃねーの？（**字幕：※区議の給料は税金から支払われています。**）どうしてセクハラ犯の息子が我々の税金でこんないいマンション住んでて、ワタクシ明法寺は木造1Kなんでしょうか！　でももう逃げ得は許しませんよー。はいピンポーン！

力の抜けた男、というのが西中俊樹の第一印象だった。言ってみれば先刻の鈴木圭太の反対だ。だがだらけているのではなく、爽やかで軽やかな雰囲気がある。ここが風の吹き渡る屋外で、西中の服装が身軽なジャージとスニーカー、というのもあるのだろうが。

「……仕方ないとは思ってます。もともと就職先も親父《おやじ》が提示した中から選んだわけで。採用試験は一応受けたけど、まあコネでしょうしね」

微笑みつつ首にかけたタオルで汗を拭う仕草もお約束に爽やかすぎ、演出または自己満足のためにやっているのではないかと疑わせる。西中俊樹は「みょーちゃんねる」に突撃された結果、父親ともどもいくつかのネットメディアにも後追いで突撃され、間違いなくそれにより、就職先である社会福祉法人内で閑職に飛ばされていた。それなのにこの様子だ。

「しかしあなたは明法寺のせいで異動させられている。それもあなたがやったことではなく、父親がやったことが原因でだ。理不尽ではないですか？」

王子が食い下がるが、西中は気が抜けたように首を振った。「もともとそんな優秀じゃないですし。確かに親父のやったことに俺は何も関係ないけど、その親父のコネで就職しているわけだから、少々のとばっちりは仕方ないでしょ」

明法寺を支持するネット上のコメントと似たようなことを言う。王子は何か言いたげだったが、肩をすくめただけで黙った。西中はあくまで爽やかであり、刑事としては異色である王子の外見に関しても、時折興味深げに観察するだけで言及しない。

かわりに俺が確認する。「何度も申し訳ありませんが、二十五日の午後は何をされていましたか？」

「一時過ぎまで自宅にいましたが、そこから二時間ほど、ここで稽古してました」

何度も同じことを聞かれたのだろう。接客業の決まり文句のように平板で滑らかだった。

敷島から渡された資料にもそうあった。西中のアリバイは「一時十五分頃から三時過ぎまで、この公園で形意拳《けいいけん》の稽古をしていた」というものだ。俺は巨神族の威容で公園を取り囲む高層マンション群を見渡す。この公園がそもそもこのマンションの居住者向けのものであり、周囲にはランニング中の者や、備え付けの器具で懸垂をしている者もおり、不自然な行動ではない。

「その様子を、自宅で飲み会をしていた友人が見ていた」

「の、ようで」

西中は照れたように後方のマンションを振り返る。そこの四階に住んでいる光石《みついし》という友人がまさに午後二時頃、稽古をしている西中を見たと証言していた。光石は西中が形意拳を習っていることを知らなかったようで、西中に「そこの公園で中国拳法やってんのお前？」とメッセージを送り、西中も十五分後に返信している。同時に、西中かどうかは不明だが、「同じ色のジャージ姿で拳法の稽古をしている人を見た」という通行人の目撃証言もあった。そしてここから下連雀の現場までは、たとえ空を飛んでも三十分はかかる。

王子は視線を外して何か考えている。一瞬、いやな予感がした。

と思ったら、王子はいきなりファイティングポーズをとると、滑らかなフットワークで間合いを詰め、西中に殴りかかった。王子の接近に対して反射的に身構えていた西中が王子のフックを右、左、といなし、さらに踏み込もうとする王子の顎先に縦拳を突きつけた。退歩崩拳。しかし突然殴りかかられてこれが出るというのは、やっている奴でもなかなかできない。

「……素晴らしい！」王子が構えを解いて拍手した。「毎日、熱心に稽古しているんですね」

「びっくりしました」

西中も笑っているが、驚いたのは俺も同じだ。西中はアリバイ作りのために後付けで形意拳を始めたのではない――ということを確かめたかったのだろうが、方法が滅茶苦茶だ。王子の腰をどついて囁く。「この馬鹿。いきなり何やってやがる。捕まるぞ」

「いつもここで稽古を？」王子は俺の腿をどつき返し、笑顔で西中に訊く。「それとも二十五日だけたまたまですか？」

「たまたま、といえばたまたまです。普段は道場か、裏のもっと小さい公園でやってるんですが、あの日は子供連れがいたので」

だとすれば、友人の光石が二十五日に初めて西中の稽古を見たというのも不自然ではない。西中の後方に見えるマンションの建物はだいぶ近く、公園の端の方にいれば、四階のヴェランダから公園で稽古する西中の顔は距離的にも充分見える。

「で、それをあそこから偶然見られてメッセージが来た」

「えーと」西中は王子が指さす方を振り返る。「……まあ、はい」

「先程は失礼いたしました。日本の警察官なら絶対やらないのですが」

俺はとにかく頭を下げた。事情聴取に来た刑事にいきなり殴りかかられた、などと後で告げ口をされたら、やった当人は平気で俺だけ始末書という理不尽なことになる。

こう話している限りでは、疑わしい部分はなかった。西中が笑ってくれている間に退散すべきだろう。王子の脛を蹴って仕返しをし、挨拶をして去る。去り際、尻に再反撃された。

　捜査における最大の敵は「時間」である。証拠が散逸していき、マスコミの事件報道に捜査本部の面目がゆっくり潰れていき、被害者や遺族が報われない時間が積み上がっていく。物証はまだいい。二十五年前の衣服からDNAが出ることなど、鑑定技術が進歩した現代ではざらだ。問題は人証、つまり目撃証言だった。人の記憶は時間とともに急速に曖昧になっていく。捜査本部が喉から手が出るほど欲しがっている目撃証言は、証言者本人にとってはどうでもいい日常風景の一ピースだったりするからだ。だからこそ証言の価値があるわけだが、困ったことに、証言者の記憶は曖昧になるだけでなく間違った方向に固定化されていったりもする。最初は「Aだったと思う《がBかもしれないという印象も一瞬、受けた》」だったのが、時間が経つと《》部分をそっくり忘れてしまう、ということが往々にしてある。そして裁判ではきっちりそういう部分も考慮されるから、時間の経《た》った目撃証言の証拠能力は、それだけで低く見積もられる。

　だから俺たちも急いでいた。なにしろ「捜査の結果、ジョン・スミス関連案件である可能性が浮上した」事件を周回遅れで追い始める立場なのだ。西中の友人である光石にも会いたかったが、朝から出かけている、ということで後回しにし、三人目の岡真人の自宅へ向かう。

今回のターゲットはこちらです。皆様、十二年前にマスコミを騒がせた「Carefreelife 事件」

をご記憶でしょうか。老人ホームみたいな名前ですが、そう！　元祖レイプサークル、伝説のあのケアライです。一流大の名前を利用し、ここの男子は将来有望だからー、とアリのようにたかってくる銭ゲバ女子に飲み会で悪いお薬が入った青いお酒を飲ませ、サークルぐるみでヤリまくっていたあのケアライです。まんまとヤられちゃった女の子の中には地方から上京したての初心《うぶ》な十八歳美処女もいたって噂でして、まあなんとも羨ま……許せないサークルですね（**字幕：許せないですね！**）。「学生の将来を考えて」という謎理屈でなぜかマスコミは顔や名前を伏せていましたが、これ卒業生に政治家とかがいない二流大学なら絶対こうなってないよね？　でもマスコミが忖度《そんたく》してもみょーちゃんねるはしません。当時ケアライに所属していたくせにすぐ辞めて、今では一般人みたいな顔してのうのうと暮らしているメンバーの居場所を突き止めたので今から突撃します。ここですこのドア！　はいピンポンピンポン！　ちょっと今回はピンポンする指に力が入ってるような（笑）

　容疑者の最後の一人である岡真人は、三人のうちで一番無残な様子だった。蒲田《かまた》の２ＤＫは倒産した会社の事業所跡のようになっていた。二人用の住居らしくローテーブルと座椅子二つがあるが、片方は無人だった。部屋の壁際には箪笥《たんす》が置いてあったとおぼしき痕跡があり、カーペットに長方形の跡がつき、フローリングの色が途中で変わっている。色々な物が取り去られた後のようだ。冷蔵庫の上に置かれていたオーブンか何かも持ち去られたらしく、その形に黒ずんだ埃《ほこり》が残っている。引っ越し前後に見えるが実際は違う。同棲していた婚約者が出ていき、そのままになっているのだ。

そして向かいに座る岡真人は俺たちが話を切り出す前に、こらえきれなくなった様子で肩を震わせ、泣き始めた。

「……僕は何もしてない。あんなサークルすぐ辞めたんですよ。テニスとかフットサルとかして気楽な楽しいサークルだって聞いていたのに、女の話ばかりでつまらなくって。それもとにかく『どうすれば一人でも多くの可愛い子とゴムなしでやれるか』みたいなノリで。活動実績のために名前だけは残しといてって言われて、波風立てたくないから残してただけなのに」岡は鼻をすすった。「なのにあんな。後からあんな。僕、何もしてないのに。犯罪者みたいに」

つまるところ、今回殺された神田公一の悪質性が最も露骨に出たケースだった。法的に責任が認められる「犯罪者」と、世間一般が「叩いていい相手」だととらえる「犯罪者側」には差があり、運悪く「差」の部分に入ってしまった人間たちは理不尽な暴力に晒されている。その「理不尽な暴力」が神田公一の「みょーちゃんねる」だ。西中俊樹にしろこの岡真人にしろ、本人は何もしていないのだから、叩けばそれはただのいじめである。たまたま二人が何も言わずに泣き寝入りをしているだけで、本来はこの反応が正しいのだった。「みょーちゃんねる」に追い回され、婚約者まで映像を撮られたことが原因で相手の親が難色を示し、岡真人の婚約は破棄されていた。肝心の婚約者は何も言わず、相手の親は「詐欺師」呼ばわりまでしたらしい。岡が犯人であるかどうかとは無関係にそれには同情する。だが王子は平然としていた。

「病める時に助けてくれない相手なんて結婚しない方がよかった。結婚してから後悔するよりましだったと思いますが？」

やはりこの王子には研修が必要だったと思う。刑事の、ではなく人間心理についてだ。

「あんたに何が分かるんですか」岡は鼻水でぐずぐずになった声で言う。「何もやってないのに。レイプ犯扱いされて。会社でだってまだ誤解されてるんだ。なんで僕がこんな目に。あいつ。ふざけんな。死んだんでしょ？　ざまあみろ、ですよ。もうそれでいいじゃないですかあんなクズ。死刑ですよ。当然の報いだ。死ね。もう一回死ね。百回死ね」

鈴木圭太とも西中俊樹とも違った反応だったが、これはこれで筋は通っていた。胡乱《うろん》なアリバイを持つ三人の容疑者。三人が三人、それぞれ全く違うものの、どれもまっとうな反応をしている。

きっちりと反省しているゆえに復讐など考えもしない……ように見える鈴木圭太。

生活に余裕があるため被害者の暴力を特に気にしていない。ゆえに復讐するほどでもない……ように見える西中俊樹。

捜査員に対しても露骨に殺意を表明しているがゆえにかえって犯人らしくない……ように見える岡真人。

なるほど特捜本部が他の容疑者を探すわけだ。妙に協力的だったりする奴は逆に怪しまれるが、三人にはそうした部分もない。

そして第三者が補強するアリバイもある。この岡真人も、事件のあった二十五日は一日中、友人と遊び歩いていたという。友人は実話怪談系を書くホラー作家の松苗《まつなえ》土竜《もぐら》で、上京したての彼のために都内のホラースポットを巡っていたらしい。新宿《しんじゅく》で十時に待ち合わせをし、午前中に石《しゃく》神《じ》井《い》公園から雑《ぞう》司《し》ヶ《が》谷《や》霊園。鰻《うなぎ》屋で昼飯を食べ、北区の旧岩淵《いわぶち》水門、将門《まさかど》公の首塚等。随分いい趣味だが、途中で抜け出して下連雀で神田公一を殺している余裕はもちろんなかった。距離だけでなく、待ち伏せという性質上、犯行自体に少なくとも三十分はかかるからだ。「一時前に店に来て一時半頃に出ていったと思う」という、鰻屋の主人の証言もある。

「十時に新宿で待ち合わせをして、松苗土竜さんは五分ほど遅れて来た。十時三十分頃石神井公園に着いて、四十分ほどそこにいた。石神井公園のことについては松苗さんが何か言っていましたね」王子がタブレットを見るふりをする。

「……鳩《はと》がやたらいた、って」

「Ach so,[*11] 松苗さんは『ヒヨドリがやたらいた』と言っていましたが？」

「いえ、鳩です。ヒヨドリのことは特に何も言ってないです」

王子がご丁寧にドイツ人を装いつつかまをかけても、岡は揺るがなかった。鰻屋、旧岩淵水門、将門公の首塚から夜の飲み屋まで。岡の証言は松苗のそれと同じく詳細で隙がない。

結局、何も引き出せない。引き下がるしかなかった。

ＪＲ蒲田駅に向かって歩く間、王子は腕を組んだり腰に手をやったりしていた。三人ともアリバイがきっちりある。実際に会ってみれば態度に不審なところのある者がいるかもしれず、そいつを狙って調べればいずれは——という、警察流のやり方は通用しそうにない。

「……次はどうする」

王子はこちらを見た。最初に会った時は俺を運転手扱いしていたから、こう訊いてくるようになった分だけ先輩に対する敬意が出てきたともいえる。「鰻屋に会って裏を取るか？」

「岡について言えば、どちらかというと小説家だな。鰻屋は当てにならない」昼を過ぎており、鰻という単語は口にするだけでよくない。飲食店の多い蒲田駅前の街並みもだ。「六日も経っているからな」

「そうなのか？」

「本来、忘れていて当然という時間が経っているからな」

後ろから自転車が来たので王子を引っぱって避《よ》けさせる。王子はこんな狭い道を自転車が疾走していることに驚いた様子で「Vettisi 地区みたいだな！」と俺の知らない地名を言った。

＊11　「ああ、そう」の意。ドイツ語の発音も「アッソー」であり、ハンガリー語の「いっき！（iddki!＝飲み干せ！）」と並んでよくネタにされる。

「もっと端に立て。邪魔になる。……つまりだな。鰻屋が『覚えている』という自覚があるなら実際には不確かな記憶を頑なに主張することになる。『やっぱり覚えているか怪しくなった』というなら証言をふわふわさせるだろうが、その場合、裁判ではすでに出ている証言の方が重視される。どっちにしろ、真相究明には遠い」

松苗土竜にしても同様だろう。目下、希望があるのは西中の友人の光石と、「ミトコスの人」が見つかること。だがどちらも今は待つしかない。王子を引っぱって後ろから来る自転車をかわしながら考える。八方塞がり、だろうか？

「……確かに、松苗土竜も望み薄だな」

王子は携帯を見ていた。ＳＮＳの、松苗土竜のアカウントが表示されている。

今月〆切《しめきり》の原稿はぎりぎりで送信しました。今日は上京後初めての東京観光です。〆切を乗り切った後の休日は格別。やっと会えるね将門公（首）

日付は二十五日であり、実際に当日、松苗は岡真人と共に将門公の首塚に行っているという。松苗土竜が協力して、アリバイ作りのために前日から仕込んでいた――となると、この書き込みも事前に仕込んだ嘘だということになるが、それでは完全に松苗も共犯ということになってしまう。そうなると、ますます考えにくい。上京したということは仕事が軌道に乗ってきたのだろう。

そんなタイミングで殺人の共犯を引き受けるとは考えにくいし、頼む方も別の人間に頼むだろう。それに作り込んだ嘘だとするなら不自然な内容でもあった。彼らによれば、肝心の午後二時頃は移動中だということになっている。あと三十分だけ鰻屋にいたことにしてもいいはずなのに、だ。

嘘だとするならば作るストーリーが詳細すぎる、という点もある。嘘をつくなら肝心の二時頃についてだけ口裏を合わせればいいのに、彼らは午前中から夜までの行動をつぶさに証言している。情報が多ければ多いほど、覚え違い等で二人の言うことに違いが出てしまう危険が大きくなるし、想定外の質問をされる余地も大きくなるのに、だ。そして何より、今のところ二人とも、これだけの情報を一つも間違えずに繰り返している。作り話でこれをするのは無理だろう。

だが、王子は全く諦める様子がないどころか、ひと息つく気もないようだった。

「ＩＣ乗車券の履歴はどうだ？　岡と鈴木のアリバイと、電車の利用履歴が一致しないかもしれない」

「残念ながら、日本の警察は勤勉なんだ。岡の履歴がアリバイ証言と一致していることは確認済み。鈴木の方はＩＣ乗車券そのものを持っていない」

「岡は分からないじゃないか。乗車券だけ別の人間が使ったのかもしれない」

「そう主張したいなら、まず岡のアリバイを崩さなきゃいけない」

王子は黙った。そう、岡もアリバイが成立しているように見える。容疑者三人が三人とも、つけ入る隙なしか。

「……いや、一つだけある」俺は言った。「岡ならまだ可能性がある。出版社だ。松苗士竜の担当編集者に話を聞く」

王子は目を細めてこちらを見た。生意気にもお手並み拝見、という目をしている。

5

出版社というところは警察慣れしている。承認欲求をこじらせたおかしな奴が怒鳴り込んできたり作家を脅迫したりし、その対応を迫られることがしばしばあるからだ。他の業種なら受付で刑事が身分証を出すとぎょっとされ、係員があたふたと上司を呼ぶ。場合によっては野次馬がやってきて遠巻きに見ていることすらあるのだが、出版社の場合、普通に応接室に通されたりする。ありがたい話だ。そしてもう一つありがたいことに、休日でも平気で出社している仕事中毒が多い。

上階の編集部で電話中だったという松苗士竜の担当編集者は、受付横のラウンジスペースではなく、エレベーターを上がった編集部のフロアの応接室に俺たちを案内した。受付横のラウンジスペースでも人はいなかったし、重要な質問はただ一つで、時間がかからないことは伝えていたのだが、担当作家のプライバシーに関わる話になるかもしれない、という場合、習慣でそうしているのだろう。ちらちらと編集部を覗こうとし、パーテーションに貼られていたアニメのポスターを見てVauと驚いている王子を促して部屋に入る。

勧められた上座のソファに座りはするが、茶を用意しようとする担当編集者は止めた。簡単な質問だけなので、と伝える。

「先週末、松苗土竜さんの原稿を受け取ったと思います。それは何日のことですか？　〆切は何日で、それには間に合っていましたか？」

「何日、と言いますと」

言いますと、も何もない。何日か、と訊いているのだから何日かを答えればいいのだ。だが担当編集者は困惑を隠さず視線をそらした。さすがに分かる。これは「すぐに答えが浮かんだが、言っていいか迷っている」顔だ。だがその反応からして、この担当編集者が松苗土竜を通して岡真人に協力している「共犯者」でないことは推測できた。なら簡単だ。俺は膝に手をついて身を乗り出した。

「ご説明が遅れましたが、私の所属は捜査係です。先週起こったある事件の捜査で伺っています。殺人事件です」ひとまずそこを強調する。「重大事件です。どうかご協力をお願いします」

今はよく分からない身分になっているがこれは非公式であるし、前の所属は（第一国際犯罪捜査）第四捜査係なので嘘は言っていない。「捜査」という単語は「刑事」並に「効く」ことを踏まえ、しなければ殺人事件の犯人に協力することになるぞ、と言外に脅す。この担当編集者までもが共犯者というわけでなく、単に「担当作家に不利益なことを口にしてしまって空気が悪くなる」程度の理由で黙っているなら、喋る口実を与えてやることになる。

予想通り、担当編集者は「仕方なく」といった様子で言った。

「……原稿が届いたのは二十五日です。〆切は二十四日なので間に合ってはいませんが、まあ。こちらも余裕をもって〆切を設定していますから[*12]」

なぜかそこを責められると勘違いしたらしく、担当編集者は〆切についての弁解を始めた。こちらにとっては松苗土竜の原稿が間に合おうが落ちようがどうでもいい。こちらを見た王子に頷く。

松苗土竜は嘘をついていた。彼は〆切に間に合ってなどいなかった。SNSで「今月〆切の原稿はぎりぎりで発送しました」「〆切を乗り切った」と——つまり原稿を発送したのは二十四日だと書いていたが、あれは嘘だったのだ。実際には、原稿を送ったのは翌日の二十五日。つまり事実とまる一日、ずれたことを書いている。

となれば、二十五日に岡真人と遊び歩いていた、という供述についても同様に、実際には一日ずれていたのではないかという疑いがでてくる。岡真人が友人の松苗土竜と遊び歩いたのは、実際には二十四日だったのではないか。そしてその日にあったことを「二十五日にあったこと」だと改竄して供述したのではないか。嘘をつく時の基本的なテクニックだった。絶対に隠さなくてはならない一点だけを偽り、あとは真実を言う。確かにこの方法なら詳細に証言ができるし、二人の証言の間に齟齬《そご》も生じない。予定外の質問を突っ込まれても答えられる。日付以外は真実なのだから。

犯人は岡真人だ。奴のアリバイは崩れた。

だが会心の感覚を味わっている俺の隣で、王子は首をかしげていた。

「念のため伺いますが」王子は俺とは対照的に、ひどく冷めた声で担当編集者に訊いた。「原稿が届いたのは二十五日だという話でしたが、二十五日の何時頃でしょうか？」

時刻が何か関係あるのだろうかと思ったが、担当編集者はなぜか今度は前のめりで答えた。

「あ、はい。三時頃です」

「午前の？」

「はい」担当編集者はまだ勘違いしているのか、弁解口調で素早く続けた。「まあ、僕の確認が出社後になっただけですから。松苗先生は事実上、前日中に原稿を上げてくださっていると言ってもいいわけでして」

話が変わってくる。俺は急いでソファに座り直す。部屋の隅で鉢植えの葉がわずかに揺れた。

「まあ作家さんならよくあることなんですよ。『〆切っていうのはその日の二十四時までだ』『いや翌日の日が昇るまでだ』『担当編集者が出社してくるまでだ』っていうの。松苗先生もそのタ

＊12　「真の〆切」「第二〆切」という業界裏用語がある。悪い作家はこれを勝手に推測し、そのぎりぎりまで原稿を遅らせる。

イプでして、まあ多分、午前三時ならまだ『今日中』だ、という認識でいらっしゃるのではないかと。ですからこちらも余裕を持たせて〆切を設定しているわけでして」

王子が脱力した様子で小さく溜め息をつき、こちらをちらりと見る。

……そういうことだったのだ。

松苗士竜はSNSで「原稿を送信。〆切ぎりぎりだが間に合った」「勝った」と書いていた。あれはやはり本当だったのだ。いや客観的には間違いないのだが、松苗士竜の中では真実だったのだろう。となると、彼が嘘をついて岡真人のアリバイを証言していたのではないか、と疑う根拠もなくなってしまう。

状況はやはりそのままだった。胡乱なアリバイを持つ三人の容疑者は、依然として鉄壁のままだ。

「ふふ。ふふふ」

「何だ」

「ん？　んー……まあ、何だね」

「言えよ」

「うん。まあ、ね。気を落とすことはないよ。刑事はこうやって失敗をしながら経験を積み重ねていくものだから」

「うるせえ」

出版社を出てからというもの、王子はずっと嬉しそうだった。もともと顔が赤くなるのが分かりやすい肌をしているので、頬っぺたを紅潮させて笑いをこらえているのがはっきり分かる。

「なかなか傑作だった。君はkaru《クマ》でなくmelisiga《イノシシ》かな？」

嫌味の言い方や態度まで日本人そのものという語学力には舌を巻くが、そこだけ上手《うま》いのではないかという疑いも存在する。「まあ君はまだ若い。精進したまえ」

「うるせえ。こちとら健全な公務員なんだ。午前三時を『当日』扱いするような奴らとは感覚が違う」

交番勤務時代には覚えていたはずの感覚だった。忸怩《じくじ》たるものがあるが、まあ、いい。外れだったということは、可能性を一つ潰せたということでもある。

「仕事が楽しい様子で結構だが、これでまた岡の線はなくなったぞ」王子は笑っているが、捜査が行き詰っているのは二人とも同じなのだ。

「そうだね。でも心配はいらない。西中の線がある」

「友人の光石か」腕時計を見る。「まだ戻らないから、いいかげんこっちも昼飯に」

「いや、その光石の、さらに友人の誰かだ。事件発生時、光石と飲み会に参加していた人間がいるだろ？　どれでもいい」

敷島に頼めば誰かの連絡先はすぐに分かるだろう。だが。「……何か当てがあるのか？」

「まあ、ね」王子はにやりと笑った。「それより、確かに昼食がまだだったな。このあたりにgyu-don屋はあるか？」

「またそれか。他のも食わせろよ……」


西中と光石は同僚でも同窓生でもなく、マンション内にあるスポーツジムで知りあったのだという。もともとマンション住民しかいないジムなので利用者たちは皆、最初から親しげな態度だったところ、同年代の気楽さもあり挨拶をするようになり、趣味が一致したため友人関係になった。マンション内にはそういう経緯でできた友人グループがあり、事件の日、光石と飲んでいたのもそのグループの友人たちと、そのうちの一人が「連れてきた女の子たち」だったという。いいご身分だ。

そういうご身分の人間にも職業柄、何度か会ったことはあったが、マンションのラウンジで挨拶してきた友人グループの男は確かに、西中と同じ軽い空気を纏っていた。軽薄なのではなく気楽なのだ。実家が太い。すでに資産があり、一生遊んで暮らせる。そういった「絶対に最悪にはならない保障」を得ているがゆえに根本的なところで余裕がある。そういった御仁だった。まだ二十七だという。羨ましい部分と、あまりそうでもない部分があるが。

「やーどうも。捜査一課の方とか初めてです。ていうかＢＫＡ？　漫画以外で初めて見ました。すごいっすね」

何がどうすごいのか分からないが知ってはいるらしい。一様に知識の水準が高いのもこうした連中の特徴だった。王子は「話が早くてありがたいです」と言って男と握手する。

「すでに警察から何度か訊かれたと思いますが」手短に済ますつもりなのだろう。王子は立ったまま質問した。「二十五日の午後、光石さんたちと飲み会をされていたのですよね。その最中に光石さんが、そこの公園で形意拳の稽古をしている西中俊樹さんを見つけた」

「そうっぽいです」

「『ぽい』？」

思わず俺は声に出してしまうが、男は気楽なまま答えた。「いや、見たの光石だけなんで」

ちょっと待て、と思った。話が変わってくる。

だが、まさか、と思った俺に対し、男は落ち着いたまま付け加える。「あ、でも光石が嘘ついてるとかじゃないですよ。俺たちが『呼ぼうか』『見にいってみようか』って盛り上がってたけど、あいつ別に止めなかったですし」

確かにそれなら、「西中を見た」という光石の証言には信憑性《しんぴょうせい》がある。そして「この男と光石が一緒に嘘をついている」という可能性も小さい。それができるなら「光石が見た」ではなく「二人とも見た」と嘘をつけばいい話だからだ。

となると、西中のアリバイにも穴はないように見える。だが王子は男にさらに訊いた。

「確認ですが」王子は声で「しっかり答えろ」というプレッシャーをかけている。「二十五日昼、飲み会をしていた場所は光石さんの部屋……つまり四階で間違いないですか？　途中で場所を移動したようなことは？」

「ああ、はい」男はあっさりと答えた。「しばらくして移動しましたよ。一時半頃かな……B棟の屋上ラウンジに」

「……屋上？」

思わず天井を見上げる。ここの屋上となると、高さ百メートルはある。しかもB棟は敷地の端で、例の公園の、西中がいたという位置からは百メートル近く離れている。

「利用申請して空いてる時間なら自由に入れるんですよ。女の子たちが行ってみたいって言うから、じゃあそうしよう、って」

「ちょっと待ってください」割り込まずにはいられなかった。「じゃあ公園で稽古してる西中を見たっていうのは、B棟の屋上からだったんですか？」

「はい。……え？」

何かまずいことを言ったのか、と男は困惑した顔になる。その通りだ。大変まずい。この男がではなく、訊き込みを担当した捜査員がだ。「なぜ言わなかったんです？」

「いや、訊かれなかったんで……」

違う、と思った。「光石たちがいた場所を確認しない」……プロの刑事で、特捜本部の捜査員なのだ。どんな間抜けでもそんなミスはやらない。だとすれば。

王子がこちらを見て頷く。光石が嘘をついたのだ。捜査員に対し、自分の部屋で飲んでいて、そこから西中を見た、と嘘をついた。

携帯が鳴った。出ると、敷島からだった。

――どうも。進んでいますか？

「今、ロケットに点火したところです」俺は二人から離れて電話に囁く。「西中のアリバイが怪しい。友人の光石が嘘をついている可能性があります」

――では、ちょうどよいですね。光石が戻った、と連絡が入りました。どこで会いますか？

俺はちょっと考え、言った。「B棟の屋上ラウンジで」

エレベーターの階数表示が無音のまま数だけ増えてゆく。ただのデジタル数字だが、増えていくテンポを考えるとなかなかの速度で上昇しているはずだった。音もGも感じない。いいエレベーターを使っているのだろう。

王子の方はというと、窓際で下を見て、離れていく地面に目を輝かせている。

「……そんなに珍しい風景か」

「Kolju《コリュ》にはこんな高いビルはない」

「『コリュ』？」そういえば、王子は時々その単語を口にした。

「知らなかったのか」王子は鼻白んだ。「地元の人間は『メリニア』なんて呼ばない。僕の国は

Kolju だ。昔からそう呼ばれている。国民にも、"mannerenti"《エストニア人》にも"metsanti"《フィンランド人》にも」

「どういう意味だ」

「『頭蓋骨』」王子は口角を上げた。初めて見る笑い方だった。「僕の先祖は海賊の頭領だ。マフィアどもとだって親戚なんだよ」

「親戚ってのは揉《も》めるもんさ。日本じゃ殺人事件《コロシ》の半分以上が親族間だし、俺の弟の嫁は傍若無人でトラブルばかり起こしている」

「だが、無関係の日本人を巻き込むのは許せない」

「同感だ」もうすぐ屋上に着くので、それまでに聞かなければならなかった。「だから情報を共有したい。なぜ光石たちが飲んでいたのが奴の部屋でないと当たりをつけられた？」

「西中だ。公園で僕が、光石の部屋のあるA棟を見て『あそこで』と言った時、西中は少し返答に迷った。……こういうのは得意なんじゃなかったのか？」

「あんたがいきなり殴りかかったから、どうやってごまかそうか必死だったんだ」


もっと風があるのかと思ったが、B棟屋上ラウンジは穏やかで、今は足元にある天井からの照り返しが暖かかった。周囲は落下防止のための分厚いアクリル板に囲まれてはいるが、都内の風景が一望できてスカイツリーも東京タワーもすぐに見つかる。確かに、ここで飲むのはいい気分だっただろう。アリバイ工作という仕事抜きだったなら。

こちらに来た光石と挨拶を交わし、表情を窺う。特に何を警戒している様子もないようだった。

「……なるほど。ここからでも真下を覗けば公園が見えますね。二十五日の午後二時頃、あなたはそうしていた」アクリル板越しに下を眺めている王子の声が届く。「しかし高さは百メートル以上。公園の、西中俊樹がいたという位置までの水平距離も百五十メートル以上あります。直線距離で二百メートル近くになるのに、あなたはカンフーの練習をしていた人間が西中さんだと分かったんですか？」

　はるか下方を、電車の走り抜ける音がする。

　王子は光石を振り返った。「なぜ嘘をついたんですか」

　理由はまだ不明だが、アリバイを証言している光石が嘘をついていたのだ。形意拳の稽古をしていた人間は通行人も見ているが、それも偽者だったということだろうか。とにかく、西中のアリバイは崩れた。

　……はずだったのだが。

　光石は王子に詰め寄られても、緊張も動揺も見せなかった。ただ困ったようにうなじのあたりを掻き、あー……すいません……と、遠くの汽笛のような調子で言っただけだった。

「……とりあえず、これ持っていただけます？」

　ポケットから出したのは文庫本だった。光石は俺と王子を見比べると、「やっぱ、あなたに」と言ってこちらに差し出してきた。普通の文庫本だ。ビル・S・バリンジャー。『歯と爪』。

俺が本を受け取ると、光石はすたすたと歩いて離れていった。階段室とは逆方向だが、王子が早足でその横につく。飛び降りそうな顔はしていないが。

「……適当な頁《ページ》を開いて、こちらに見せてください」

見せて、と言うが、十五メートルは離れている。だが俺が中ほどの頁を開くと、光石は読み上げた。「……『ポーカーで現金をつかんでから、私はデイヴ・シャーズに会いに行った。デイヴはいまでこそ探偵事務所をひらいているが、もとはネヴァダ州の賭博場で用心棒たちをたばねる親玉だった。』」

俺は文庫本をひっくり返して見た。そのままの文章があった。

「僕、ちょっとした事情でモンゴルの、しかも田舎の方で育ちまして」光石はなぜか弓を引くジェスチャーをした。「そのせいか今でも視力4・0あるんです。日本じゃ2・0までしか測れないんで2・0ってことになってますけど」

俺は試しに頁をめくってみた。光石は言った。「『もし私がグリーンリーフの立場で贋札を使おうと思い立ったら、どうするだろう?』」

別の頁をめくり直した。光石は言った。「『エグルストンは人体を構成するさまざまな部分の大小長短とその比例について詳細に説明をはじめた。』」

王子と視線が合う。

「本当はここから見つけたんです。稽古する西中さん。でもそのまま説明すると絶対信じてもらえないし、まあ見たのは事実なんだからいいかなって。……すいません」

本当にすまなそうにしているということは、俺たちをおちょくって遊んでいた、というわけではないようだ。

エレベーターで下降し、マンションのエントランスを出るまで、王子はずっと無言だった。

仕方なく声をかける。「まあ、こうやって経験を積み重ねていくんだ」

「うるさい」

「事実だろうが」蹴るな。「問題はこれで西中の線もまたなくなった、ってことだ。つまり残るは……」

言いかけた瞬間、携帯が鳴った。敷島からだった。

通話を終えると、王子がじっと見ていた。俺は肩をすくめる。「お望み通り、悪い知らせだ。いや、外れの線を一つ潰せたのだから、いい知らせかな」

「半分くらいは聞こえていたが……」

「残り半分はこうだ。秋葉原にいる捜査員から連絡があった。時折駅前に現れるという『ミトコスの人』本人が見つかったそうだ」焦《じ》らす気はない。王子も聞き耳を立てていたから、半分は分かっているだろう。「間違いなく二十五日の午後二時頃、駅前を歩いていたらしい。右足の靴が壊れていたのも本当だとさ」

そのことを知りうるのは同時刻、現地にいた人間だけだ。つまり。

「鈴木圭太のアリバイも証明された」

容疑者がいなくなった。

6

品川駅構内のスターバックスからコンコースの雑踏を見下ろしていると、複雑系という言葉が浮かんでくる。個々の構成要素は単純なプログラムに従って、ただ隣の要素の動きによって自分の動きを決めているに過ぎないが、全体を俯瞰《ふかん》すると集団そのものが一個の意志をもったかのように秩序だって見える。右から左へ歩く人間。左から右へ歩く人間。そして少数の立ち止まっている人間。構成要素はこの三種類しかない。実際にその中に入るとなんということもないが、遠くから見ているとなぜぶつからないのだろうかと思う。

気がつくと向かいの席の王子も同じく雑踏を眺めていたようで、腕組みをしたままぼそりと呟いた。「……人が多いな。祭りでもあるのか?」

「この街は毎日が祭りのようなもんさ」上京したての時、俺もそう思った。「人口1400万人。昼間人口1700万人。だから事件《しごと》も多い。毎日、どこかで誰かが何か起こしている」

「歩くスピードが速い。なのにphoneを見ている」

「だからしょっちゅうぶつかる。で、時々ごたごたになる。おかげで警察《おれたち》の仕事が減らない」

「幸せだな。この国の警官は汚職をしないし、市民に愛されている」

「いい国だろ？」

「コーヒーがこんなに小さいことを除けば」王子はショートサイズのカップを持ち上げた。「見慣れないサイズがあるから頼んでみたけど、びっくりだ。これっぽっちでどうしてあんなに長時間働けるんだ？　僕の知る限りじゃ、ＳＲＢＳの缶も小人《トントゥ》サイズしかない」

「ロング缶で飲んでみろ。甘ったるすぎて汗に蟻《あり》がたかるぞ。汁粉ドリンクはあれがちょうどいいんだ」

どうでもいい話をしているのが手詰まりの証拠だった。岡真人も西中俊樹も鈴木圭太も。三人が三人そろってなんとなく怪しいアリバイを主張しているのに、三人とも隙がない。最初の一口を飲んだきりのスターバックスラテが熱を失っていく。三人以外の容疑者は特捜本部が洗っている。では俺たちはどうするか。

王子が突然立ち上がり、おっと思う間に店を駆け出た。客の中に王子を見ていた者がいたらしく、「何？」「どうしたんだろ」と囁く声が聞こえる。俺は慌てて鞄を持ち、店員に「すぐ戻ります」と言いおいて王子を追った。藪《やぶ》から棒に何だ、と思うが王子はすでに階段を駆け降りて、というより飛び降りてコンコースに出ている。

おい、と声をかけようとしたのと同時に王子も怒鳴った。「おい。止まれ」

階段の残り半分を飛び降りる。着地はよかったが、そこから駆け出そうとしたら膝の裏が痛んだ。王子はサラリーマン風の大柄な男に追いすがっている。

「おい。あんただ。止まれ。警察だ」

男が振り返ると同時に周囲の通行人も揃って振り返った。俺は駆け寄りながら状況を確認する。この場所でスリは少ない。いや、少し離れたところでスーツの女性が肩を押さえてしゃがんでいる。

王子は男のベルトを摑んだ。「警察だ。今、そこの女性にわざとぶつかったな?」

日本警察の作法を知らない王子が心配だったが、しゃがんでいる被害者が優先だ。声をかけると、女性は顔を上げ、男を見て「ぶつかられました」とはっきり答えた。それが聞こえたのか、男はなぜかこちらとは目を合わせようとせず、女性に向かってすごむ。「あ? やってねえし」

王子はベルトをがっちり摑んでいる。「言い逃れはできない。すべて見ていたからな。お前はあの女性が近くに来ると、いきなり斜めに方向転換してぶつかりにいった。まっすぐ顔を上げたままだ。明らかに意図的な動作だ。肩で殴った。暴行罪の現行犯で逮捕する」

助け起こすと女性は立ち上がろうとしたが、びくりと顔をしかめて足首を押さえた。俺は王子に言った。「訂正だ。傷害罪」

「は? ざっけんな」

男が王子を突き飛ばす。王子は派手によろめき、尻餅までついた。「公務執行妨害も、だな」

溜め息が出る。ベルトを掴んでいるのだからそもそも突き飛ばされたりしないはずなのだ。いつも警察の作法を無視する癖に、こういうところはしっかり真似してきやがる。女性を促して座らせ、男に声をかける。「そのまま。今、警察官が来ますから、品川署に同行願います」

男は顔をそむけ、さっと踵《きびす》を返して立ち去ろうとした。立ち塞がる王子を押しのけようとする。王子が横に動き、男の脇腹に膝を入れた。男が体を折ると、後ろに回って股間を蹴り上げる。

「おい」

もっと穏便にやれ、と思ったが言わないでおいた。男にあとで騒がれても面倒だから、むしろ当然の対応だ、という顔をしておいた方がいい。王子は男の右腕にアームロックをかけてねじ伏せ、空いた手でジャケットとパンツのポケットを探っている。武器など持っていないだろうに、哀れ、男は公衆の面前でうつ伏せに寝かされた。とにかくそちらに行き、後ろ手錠をかける。足音が複数近付いてきた。駅員と鉄道警察隊がほぼ同時だった。

王子に囁く。「よくやった。が、目立ちすぎだ。あとは鉄警に任せてずらかるぞ」

「女性を狙っていた」王子は膝で男を押さえたまま肩を落とした。「こういうことは、よくあるのか？」

「それこそ毎日ある」走ってくる警官に敬礼しつつ囁き返す。「いい国だろ？」

日本に幻滅しただろうか、と思う。だが大抵はそういうものだ。最初は誰でも興味と好意を持ってその国に来る。次にイメージと違ったり嫌な目に遭ったりして嫌いになる。最後にそれも含めて美点と欠点を理解し、合うか合わないかが分かってくるようになる。だいたいそういう段階を踏む。

だが、王子はなぜか沈黙ののち、それらとは別のことを言った。

「……Karu。思いついたぞ。可能性がある」

「何？」

「アリバイが崩れる奴がいるかもしれない。僕はこの男を引き渡して何分で解放される？」

駆けつけてきた警官たちが男を立たせている。俺は頷いた。「なるべく早くなるよう交渉してやる。で、犯人は誰だ」

王子は男を警官に引き渡すと、はっきりと言った。

「鈴木圭太だ」


山手線の電車に揺られながら、王子はずっと電光掲示板を見ていた。「……ハママツチョウ、シンバシ、ユウラクチョウ」

こいつはどうもウキウキ浮ついているらしい、ということに俺もようやく気付いた。「……さっきも言ったが」

「何だ」

「秋葉原に行く必要はないぞ。八重洲《やえす》か銀座《ぎんざ》、あるいは逆方向で渋谷《しぶや》と新宿、池袋と回れば確実だ。というより、それこそ品川でもよさそうだった」

「アキバが確実だ。そうだろ？」

「あんたが行ってみたかっただけだろう」なぜそこだけ略称で言う。「なぜこれまで行かなかった？　休日があっただろ」

「なんであんたに連れていってもらわなきゃいけないんだ」

「一人で行ってればよかっただろう」

王子は目をそらした。何やら口を尖《とが》らせている。「……Tokyoの路線図は複雑すぎるんだ。蜘《く》蛛《も》の巣みたいだ。クレイジーだ」

拍子抜けした。要するに、迷子になりそうで怖かったらしい。

言われてみれば、こいつはまだ十六歳で、日本は初めてだったのだ。

「……分かった。連れていってやるよ。メイド喫茶でもアニメイトでも好きに行け」

「観光に来たわけじゃない」

「仕事には休日が必要だ。休日ならプライベートだろ？」

「そうだな」王子は異様な速さで納得した。「じゃ、本件が解決したら、だ。今日中に解決する」

「焦るな。アキバは逃げねえよ」

それで切り替えができるところが偉い。王子は秋葉原駅で下車しても仕事の顔のままで、電気街口に直行した。休日、最も人が多いのがここだ。

　夕刻の秋葉原駅前は帰宅ラッシュと帰宅途上に買い物をする奴と夕飯を探す奴と観光客とその他諸々でいつも通りの賑《にぎ》やかさだった。宣伝ソングを流し続けている電気屋の店頭はやかましいが、ここは街中すべてが電気屋の店頭と言ってよかった。特徴的なのは、看板の多くがアニメ絵だということだろうか。これは日本の、それもこの街以外ではまず見ない光景だ。道は混雑し、明らかに欧米系と分かる観光客も多い。道端ではメイド服を着た若い女性がチラシを配っていた。

「……確かにこの中なら、コスプレで歩いていても目立ちゃしないな」

「実際はそうでもない。見回してみろ。コスプレイヤーは一人もいない。メイド喫茶のビラ配りが着ているあれはコスプレじゃないからな？」王子はなぜか急に解像度の高いことを言った。

「論争になっているけど、コスプレイヤーにはマナーがあるんだ。それはコスプレが許されたイベント会場以外では、たとえ普段着に見えるキャラであってもコスをしないってことだ」

「……そうなのか？」えらく詳しい。

「そういう不文律があるんだ。もともとコスプレは、心得のない者がやると公衆に迷惑をかける可能性がある。トイレを長々と占領して着替えたり、道端で撮影会が始まってしまって通行の邪魔になったり、露出の多い恰好になったり。自由にやっていいことにすると、どこかでやらかす奴が出てくる。それがニュースになれば公式に迷惑がかかる。それだけじゃない。『コスプレイヤーが迷惑行為をしている』という事案が続くと、コスプレという文化そのものが攻撃対象になってしまう」

えらく声が通って演説がうまいことにはつっこまないでおくべきだろうか。周囲の通行人が何事かという目で見ている。「……電車好きがよくニュースになってるやつか」

「あれは一部の、マナーの悪い撮り鉄だけだけどな」王子は流れるように喋る。「だがコスプレも一般大衆からは攻撃される文化だということは、コスプレイヤー自身が一番知ってるのさ。下手なことをすればすぐ叩かれる。だから万一が起きないよう、イベント会場以外でのコスをすべて禁止することにした。コスプレイヤーは驚くほどの自制心で、自分たちの愛する文化を護っているんだ」

信号待ちをしている男性がこちらに向かって小さく拍手をしている。「……随分詳しいな」

「いいだろう。一度来たかったんだ。アキハバラ」王子もそれに気付いたのか、口を尖らせて囁き声になった。「とにかく。たとえアキバの駅前でも、コスプレして歩いてる奴がいたら目立つんだ。『ミトコスの人』はコスプレイヤーのマナーに反している。だからこれは『事件』として、通行人の記憶に残る。鈴木もそう考えて、これにしたんだ」

「なるほどな」

後ろから囁き声で「Have a nice Akiba!」と聞こえた。この大演説。撮影等された様子はないが、目立ちすぎだ。

暗くなってきた。探し物には向かない時間帯だが、探す場所の見当はついている。極端に緑が少ない秋葉原駅周辺だが、駅前広場の中にはぽつぽつと植え込みがある。たとえば、こういう植え込みの中だ。手袋をした手で一つ一つ探っていくと、はたして手応えがあった。四角く固い感触を確かめ、木の下に突っ込んだ手を引き抜く。

「……あったぞ」

予想外に早く見つかった。捜査が当たっている時はしばしばこういうふうにツキもくる。植え込みの中にあったのは小型のカメラだった。安価なものであることは分かる。

王子は頷いた。「正解だな」

これで鈴木圭太を追い詰めることができる。だが俺たちの場合、本番はここからだ。長田拓海の時と同じだ。トリックを知っていることを告げ、自首のチャンスをちらつかせ、可能ならジョン・スミスを呼び出させる。そして奴を拘束する。

「どうする。またひと気のない場所に呼び出すか？　だがまったく人のいない場所はこのあたりにはないぞ」

周囲をぐるりと見回す。週末の秋葉原だ。どちらを向いても序盤のチェス盤と同程度には混雑している。

「人のいない時間ならあるだろう。明日の深夜……いや、正確には明後日だな。月曜の未明に呼び出す。こちらにも準備があるからな。時間が欲しい」王子はこちらを見た。「ここからは僕の仕事だ。あんたがつきあう必要はない」

そう言われるとは思っていなかった。前回の「戦闘」に俺を巻き込んだことを気にしているのかと思ったが、王子の目は年寄りを気遣う孝行息子のそれではなく、これから要人を刺し殺そうとしているテロリストの目だった。

「何言ってる。俺も行くさ。日本人の警察官が必要な状況になったらどうする」

その目を見たら、こう答えるしかなかった。「相棒だろ」

「朝晩のジョギング筋トレで対抗できる相手じゃないぞ」

「対抗なんてしないさ。銃を向けられたら大人しく手を上げる。護身術の大原則だろ」

王子は少し沈黙した後、目をそらして「好きにしろ」と言った。表情はよく見えなかった。

7

電源が落ちている。月曜午前三時の秋葉原は、要するにそういう状態だった。駅や店舗にシャッターが下り、電気屋が沈黙し、ネオン看板が消灯される。だが完全なシャットダウンではなく「待機状態」で、オレンジ色の街路灯や配送トラックのハザードが、ぽつぽつと最低限の人工光を残してはいる。牛丼屋やドラッグストア等、二十四時間営業の店も明るいが、さすがにこの時間帯だと客はおらず、営業しているというよりは二十四時間営業と銘打っている都合上、朝まで電気をつけたまま待っている、といった方が正しい。

電気街南口。通行人はほぼゼロ。あの柱の前に寝っ転がっている酔っぱらいは眠っているだろう。人の目がなくなった、沈黙したその街を、王子と並んで歩いている。どうしても背筋が伸びるのは、腋《わき》の下に吊った拳銃の重みのせいだろう。今夜これから、かなりの確率で発砲することになる。こんな日が来るとは思わなかった。

アニメ絵の看板の横を一つ、また一つと通り過ぎる。広場を出たところの貸自転車置き場。暗がりになるそこに鈴木圭太を呼び出していた。電話をしてから二十四時間以上、経過している。ジョン・スミスを呼ぶには充分な時間だった。

歩きながら王子が囁いてくる。「いるか?」

「若い男が一人。……鈴木圭太だな。他にはいない」

俺の方が夜目がきく。王子は「Got him.」とだけ言った。二人とも感度のいい無線マイクをつけているので、お互いの会話は勝手にすべて拾われている。俺にもイヤホンが支給され、通信はすべて英語のため状況についていくこともできる。言いかえればそれは、王子のドンパチにとことんまで付き合わなければならない、ということだった。

「鈴木圭太さん。こんな時間に呼び出して失礼」王子が普通の声になった。「内緒の話ですから」

鈴木圭太の坊主頭が暗がりから出てくる。念のため確認したが、武器を持っているような様子はなかった。

「明法寺光一こと神田公一を殺害したのはあなただ。あなたはトリックを用いて、二十五日午後二時頃、このあたりにいたかのような発言をした」王子は内ポケットから小型カメラを出し、目の高さで振ってみせた。「間違いないな?」

むろんこれは急いで用意した偽物で、本物はすでに証拠物件として、採取時の録画データと一緒に敷島に預けてある。だがこれを目の前で、手袋もつけずに扱ってみせることで、俺たちが正規の捜査員ではなく交渉の余地がある、というアピールにはなるはずだった。

「僕たちはあんたを逮捕しにきたんじゃない。あんたはヤバい奴に唆されて犯行を決意した。そうだろ?」王子は沈黙する鈴木圭太に向かって、カメラを無造作に放った。「そいつのことを教えてくれるなら、他のカメラも全部、返してやってもいい」

鈴木圭太はお手玉しつつカメラを受け取ったものの、まだ沈黙している。だが叱られる生徒の顔であり、恐怖で完全に屈服しているのが分かった。つまり、呼び出す時に王子が電話で話した推理はほぼ当たっていたのだろう。動機ははっきりしている。奴は俺が出した「不公平」という単語にわずかに反応した。表層では完全に「受け入れて反省している」つもりでも、心の奥ではずっと納得していなかったのだろう。なぜ自分だけがこんなに罰を受ける。もっと悪い奴が他にいくらでもいるのに。不公平だ。……その不満を、ずっと内燃させてきた。そしてその怒りに対する自制をSNAKEが壊し、ジョン・スミスが実行する機会と、実行しても捕まらない手段を与えて唆した。

鈴木圭太のアリバイトリックとはつまり、街頭にカメラを仕掛けておき、そこで「現地にいた人間しか知らない情報」を得る、というものだった。そして彼の計画通り、二十五日午後二時頃の秋葉原駅前に仕掛けたカメラには「ミトコスの人」という「その場にいた人間なら覚えているが、SNSに写真を上げるようなことはしないもの」が映っていたため、トリックは成功した。

もちろん、ただカメラを仕掛ける程度のトリックなら特捜本部も疑っただろう。それでも鈴木圭太の逮捕まではいかなかったのは、単に「カメラを仕掛けた」というだけでは不可能だからだ。神田公一を待ち伏せして殺害する以上、犯行時刻がいつになるかは被害者次第で、しかも不確定ということになる。それなのに、ちょうど犯行時刻に「その場にいた人間なら覚えているが、SNSに写真を上げるようなことはしないもの」が映ってくれる可能性は小さい。一か八かその可能性に賭けて殺人をしたのだ——というストーリーでは、検察に突っぱねられて起訴すらできないだろう。

だが現実には、鈴木圭太はもっと確実なトリックを仕込んでいた。カメラにちょうどよく何かが映る可能性は小さい。だがその可能性を大きくする方法はあった。手間と金をかければ、理論上は限りなく100%に近くできる。

つまり鈴木圭太は、東京中に無数のカメラを仕掛けたのだ。連絡を受けた敷島の部下がすでに、新宿南口、池袋東口、東京八重洲、渋谷道玄坂《どうげんざか》下とハチ公口付近の五ヶ所でも隠しカメラを発見している。もちろんこれだけで済むはずはなく、銀座三越前、品川駅前、浅草雷門《かみなりもん》付近、上野《うえの》公園等、人が多くて「変わった何かが起きそうな場所」すべてに、最低でも数十のカメラが仕掛けてあるのだろう。この秋葉原もこれ一つではなく、三、四ヶ所は仕掛けてあるはずだった。一見、大変な数に思えるが、実際には時間も労力もそれほどではない、ということを、仕事で一日数十人の人間を訪ねる俺たち刑事は知っている。むしろ費用の方が問題だが、ジョン・スミスがカメラを提供した可能性もあった。

これだけ仕掛ければ、そのどれかに「使えるもの」が映る可能性は大きくなる。一ヶ所に映ってさえいれば、あとは「その近くにいた」と言うだけでいい。

蓋然性《プロバビリティ》というやつだった。この街は毎日が祭りのようなものだ。常にどこかで何かが起こっている。だからこそ可能な、東京という街すべてを利用したトリックだ。

「とんでもない街だ。僕の国では考えられない」王子は鈴木を見る。「だがあんたが考えたんでもないよな？　あんたがわざわざ金をかけて、こんなにたくさんのカメラを用意するとも思えない。協力者がいるだろう。『ジョン・スミス』と名乗る、僕と同じ髪の男だ」

そこで突然、すぐ近くから声がした。

――「なんだかんだと聞かれたら、答えてあげるが世の情け」。

全身が一瞬で反応した。出た。奴だ。

周囲を見回す。王子は襟元のマイクに向けて「Contact.Search around.」と呟いた。声はどうやら鈴木の胸元から聞こえる。また「被験者」の携帯をクラッキングしたのだろう。電話越しでもこの声は忘れない。何のアニメか知らないが、こういう言葉を使う奴は一人しか知らない。

――「ワルモノ見参！」。

ジョン・スミスが楽しげに言い放つ。王子が鈴木圭太の胸元に手を突っ込み、携帯を奪って走り出した。視線は上。駅前広場から通りの向こうに渡る遊歩道だ。アクリル板越しに確かに人影がある。

「Karu、上の遊歩道だ！」

王子が怒鳴る。俺に言うふりをしてマイクに言ったのだろう。ほぼ同時に道の向こう側で車のドアが閉まる音がした。待機していた二号車だ。一号車の人員もすでに駆け出し、反対側から遊歩道の階段に向かっている。

怪盗を追い回す警部じゃないのだ。毎度毎度逃がしはしない。

前回の反省はちゃんと踏まえ、戦力を用意していた。王子が本国に指示して、王室庁所属の警察組織「王室護衛官」の特殊部隊を来日させている。王子が言うには日本に入国させるより、周囲に知られないよう出国させる方が大変だったらしい。確かにそうだろう、と思わせる物騒な連中だった。ちらりと見た二号車の隊員はヘルメットと防弾ベストを装備し、自動小銃《AK5D》を持っていた。あんなものどうやって日本に持ち込んだ、と思うが、王室庁のプライベートジェットなら山ほど積み込んでもフリーパスなのだろう。

見上げた遊歩道にいたのは異様な男だった。この季節なのに金髪に麦わら帽子をかぶり、赤いベストとデニムのハーフパンツを身に着けている。異様な恰好だったが、あれなら俺にも見覚えはあった。

ジョン・スミスは麦わら帽子を手で押さえ、俺たちを見下ろした。

——「〝海賊王〟に！　おれはなるっ！」。

俺が拳銃を抜いたのは王子と同時だった。二人とも上方、遊歩道のコスプレ男に照準をつける。

俺は照準をつけながら怒鳴った。「聞こえているならそこを動くな。この距離でも当たるが、アクリル板を貫通した時に弾道が曲がる。どこに当たるか保証はできないぞ！」

もちろん実際は当たるとは思えない。遊歩道の両側から護衛官部隊が突入するまでの時間稼ぎだった。

——すごいよMika。トリック№11をあっさり解くなんてね。日本風に言うと「テンも飼いい。粗相して漏らすけど」みたいな、あの感じだ。

「捕まる方が言う台詞《せりふ》じゃないな」そう言ったが、もはや正確に覚えることを放棄している様子であり、実のところどこからつっこんでいいか分からない。[*13]「そこで大人しくしてろ。手足を伸ばして逃げたりはできないだろ？」

王子は黙っていた。目を凝らし、ジョン・スミスを観察しているのだ。

だがその王子が「erine.」と呟いたのが聞こえた。

確かにそうだった。肌の露出が多いあのコスプレをしてくれているおかげで、ジョン・スミス

＊13　原典は『老子』七十三章。

の体がかなり確認できる。火傷の痕らしきものはどこにもなかった。やはり奴は偽者だったのだ。

だが、王子はまだ奴を見据えたまま訊いた。「答えろ。なぜこんなことをした?」

――夢だったからさ。台北《タイペイ》のホテルで話をしただろう? 僕だって君と同じことを前から考えていたんだよ。……やっぱり兄弟だね。Mika。

暗がりでこの距離でも分かった。王子を見下ろすジョン・スミスは笑顔だ。王子とよく似た、しかし目の焦点が合っていないような、会話の通じない顔。

「……Sina valehdevaja《嘘だ》.」

王子が構えていた銃がゆっくり下がっていく。

それで俺にも今のやりとりの意味が分かった。信じられないことに、奴はどうやら、アロン王子しか知らないはずのことを喋ったらしい。

……どういうことだ。偽者じゃなかったのか。それとも、これも何かのトリックか。

――いいや「真実はいつも一つ」! 僕はAronだよ、Mika。その証拠に、今は最高の気分なんだ。初期に思いついたけど、世界クラスの大都市でないとありえない……Koljuでは絶対にできない№11をやれたんだ。それもTokyoで! 夢は……

ジョン・スミスが……いや、アロンが左右を見る。遊歩道に両側から突入してきた護衛官部隊に気付いたのだろう。だがもう遅い。引き付けた甲斐《かい》があった。出口はない。袋のネズミだ。奴が偽物だろうと幽霊だろうと、とっ捕まえればこちらの勝ちだ。謎の答えは取調で吐かせればいい。

——時間切れか。それじゃMika。「Step right this way. Watch carefully!」。

アロンが後ろに下がり、見えなくなる。結局俺たちは撃てなかったが、そもそも撃つ必要はなかった。この状況なら逮捕できる。たとえ奴が死角に兵隊を隠していたとしても戦力が違う。

「王子」俺は銃をしまい、王子の銃も押さえた。「奴の面を拝みにいこう」

本当にあれはアロン王子なのか。事故の状況からなぜ大きな傷一つなく生還しているのか。疑問だらけだ。だがすぐに分かる。

だが、無線に切迫した音声が入った。——"Not found yet.Nobody is here."

王子は「どういうことだ」「もう一度言え」と言ったが、護衛官部隊からの返答は「誰もいない」だけだった。

駆け出す王子の後を追う。遊歩道の端まで回り込み、スロープを駆け上がる。最後尾の隊員たちが振り返り、慌てて銃口を下ろした。隊員たちを左右に下がらせ、王子が進む。

遊歩道の上も暗かったが、挟み撃ちにしたはずの向こう側の隊員たちが戸惑っている表情まで見える程度の距離だ。なのにその空間には確かに誰もいない。

真下で車のエンジンがかかる音が聞こえた。王子がアクリル板に駆け寄って道路を見下ろす。

一台のハッチバックが、ライトを点けずに発進したところだった。

「……siellan!《あそこだ》」

王子が叫び、隊員たちが殺到する。だが王子は冷静に「撃つな」と指示し、車の特徴を伝えて全車両に追跡を命じた。

だが俺たちの耳に、楽しげなアロンの声が響いた。

――「残像だ」。なんてね！　今のは魔法でもニンポーでもないよ。ただの熱光学迷彩さ。

「冗談だろ……？」

思わず口に出てしまったが、アロンは返答をよこした。

――冗談ではないけど、たいしたトリックでもない。こんなトリックじゃ読者に怒られるから、トリックノートに書いてもいない。本当にただの布なんだ。量子《クアンタム》ステルスって知ってるかい？　凹凸《おうとつ》のある特殊な素材の布で、光を屈折させて、布の向こう側からの光を届かなくさせることができる軍用の技術だよ。面白いから貸してもらったんだ。いずれはこれがあることを前提に、新時代のトリックを作ってみせるよ！

王子が電話機に向かって何か怒鳴ろうとするより先に、アロンは「それじゃ来週も、サービス、サービスぅ！」と言って通話を切ってしまった。

護衛官部隊の車両はすべて奴の車を追っていった。だが捕まえられるかというと望み薄だった。本人が見えなくなってしまうのだ。それに今思えば、あの車も囮《おとり》かもしれない。

「あの野郎……」だが、どう感想を言っていいか分からなかった。「……消えやがった」

遊歩道から見渡せるのは、動くもののない深夜の街だけだった。

8

「特捜本部から報告が入りました。鈴木圭太は自首。『医療措置』が始まったようです」

助手席の敷島が振り返って言うが、王子が黙って俯《うつむ》いているので俺もどう返してよいか分からない。

敷島は俺たちの反応を待たず、無表情のまま事務的に続けた。

「取調はスムーズだったそうです。鈴木圭太は神田公一に対する恨みを強い口調で訴えていたとのことですから。彼曰《いわ》く『どうして俺だけがこんな目に遭うのか』『不公平だ』と」

忘れていた殺人事件の方に意識が戻る。「それは、炎上した動画の件ですか」

「はい。彼は高校生当時、グループ内では『いじられキャラ』だったそうです。グループ内の強い『友人』が彼にあれこれ指示をして『面白いこと』をやらせる。グループのメンバーはそれを見て笑う。そういう『付き合い方』だった、と」

「……それは『友人』とは言わないな」

「今なら普通に『いじめ』ととらえられるでしょうね。バイト先での件《くだん》の炎上動画も、やってこい、撮影してこい、と命令されてのことだそうで。撮影時は店内に『友人』たちが来て、待っていたそうですから」

何も言わないが、圧はかけてくるというわけだ。「やらなかったらどうなるか分かるよな?」

――鈴木圭太は「やられた」のであり、被害者でもあった。なのに本物の加害者である「友人」たちは炎上した途端に頬かむりをし、自分だけが叩かれた。名前と住所を特定され、引っ越しも余儀なくされたという。家族も被害に遭ったのだろう。

その理不尽がようやく止んだと思ったら、神田公一がまた始めた。遊び半分で。自分の金と承認欲求のために。

「殺したくもなるか」シートに体重を預ける。「だが、自首による減刑は認められるんだろ」

「そうなります。SNAKEの影響を調べるため、当面は『措置入院』ですが」

殺人事件の方は解決した。鈴木圭太は以後、自首の上に事実上の心神耗弱状態を踏まえて求刑が決められた上、起訴される。本人の身柄は長田拓海同様、「担当する病院」に入れられて研究対象となる。SNAKEによる精神変容の治療法を開発する。そこまでいかなくとも、使用の痕跡がどういうものか特定さえできれば、スキャンダル工作への対策にはなる。

だが、それが難しいことは王子から聞いていた。SNAKEは脳の機能を破壊した後、すぐに吸収されて体に残らないらしい。薬剤の実物がなければ「競技用プールに落ちた一枚のコインを手探りで探すようなもの」なのだそうだ。

つまりジョン・スミス――アロンを逃がした以上、こちらの敗北ということになる。だが、こちらの気分はまだ敗北にすら辿り着いていない気がした。

「確認しますが、ジョン・スミスはやはり、アロン第一王子でしたか？」

訊いてくる敷島の無表情が、今はありがたい気がする。隣の王子を見ると、王子は無言で頷いた。さすがに気になるのか、運転手もわずかにこちらに視線をやった。

「だが信じられない。奴は体に火傷の痕がなかった。手術でも完全に消せるものじゃないはずだ」王子は自分に言い聞かせるように下を向いている。「……それでも、奴は台北のホテルでのことを知っていた。どういうことだ？　本当に無傷のままあの炎から生還したのか？　サラマンダーみたいに」

話で聞いているだけの俺より、実際に事故現場にいた王子の方がはるかに驚きは大きいだろう。そして、ジョン・スミスが――つまりメリニアンマフィアと手を組み、他人を使って殺人事件を起こす「治験」を繰り返している極悪人が兄だった、という衝撃も。

こちらを向いていた敷島は、王子を見て目を細めた。

「明日は……もう今日ですが、オフにしましょう。いずれにしろ、鈴木圭太の取調と秋葉原近辺での捜索が主ですから、王室庁《ほかのみなさん》でやれます。お二人はゆっくり休んでください」

王子が俯いたままなので、俺が代わって応えた。「助かる」

「ご自宅までお送りします。すぐですが、眠っていても結構ですよ」

無表情なりに気を遣ってくれているらしい。だが俺は運転手に言った。「それなら、駅前交番のところの交差点で降ろしてくれないか。腹が減ってるんだ。牛丼でも食って帰る」

運転手は前を見たまま頷いた。「かしこまりました」

車を降りて見送っても、王子はまだ俯いて、歩道の点字ブロックを見たままだった。

その肩を軽く叩く。「食おうぜ」

「アロンは、優しい人だったはずだ」

王子が言った。生ぬるい風が二秒だけ顔を撫でてきた。

「父は忙しかったから。アロンが父のようだった。幼い頃の僕は、こうして微笑んでいるだけでいいのか、あの受け答えで本当によかったのか――仕事で不安に思うことがたくさんあった。励ましてくれたり、慰めてくれたのはアロンだった。自分の仕事をして、父や母や、他国の客ともやりとりをして、Mose《第二王子》のフォローをしながら、僕にもかまってくれた」

「すごい兄貴だな」

「そうさ。それがどうしてああなってしまったのか、分からない」王子は拳を握った。「確かに昔から物騒なことを平然と話すところはあったんだ。ミステリマニアだったから。人間の皮を剥いで被《かぶ》れば別人になりすませるだろうか？　なんてことを、真顔で考えてることはあった」

「勘弁してくれ」俺は笑ってみせる。「ミステリマニアは全員、猟奇殺人犯なのか？　じゃあ格闘技マニアは暴力癖があって、CoD[*14]のプレイヤーは戦争好きなのか？　そりゃないぜ」

「僕が」王子は顔を上げた。その顔が歪んでいた。「僕が焚《た》きつけたんだ。兄は本気にしたんだ。

八年前、台北のホテルで僕が言ったことを」

＊

エアコンはきいていたが、もともとの空気の質が違う、とずっと感じていた。東アジアの、肌にねっとり絡みついてくるような湿って温《ぬる》い空気はまだ慣れない。アロンは「これがきっと美容にいいんだろう。だからアジアの人は肌がしっとりして綺麗なんだ」と納得していたけど、僕は息苦しさの方が勝っていた。現にMose《モセ》は寝室に入るなり「疲れたー」と言ってベッドに飛び込んでしまった。

それでも、僕ははしゃいでいた。物心ついてから初めての東アジア。空港とホテルは普通だけど、車窓から眺めた街並みは、異世界に飛び込んだようだった。色とりどりの看板。ごちゃごちゃした路地。ドラゴンフルーツを山ほど積んだトラック。不思議な形の赤いランタン。漫画で見た日本の風景によく似ていた。夕飯もおいしかった。特にあの真っ白な包《パオ》が。だから素直な笑顔

＊14　『Call of Duty』シリーズ。凄《すさ》まじい予算をかけて制作されたアメリカ製のシューティングゲーム。プレイヤーは米軍兵になり、ほぼ実写映画というクオリティの画面に入って様々な作戦行動を「疑似体験」する。全米で最も売れているビデオゲームシリーズの一つ。

が出せたと思う。僕たち子供の役目ははしゃいでみせること。モセは八角《パーディアオ》のにおいに顔をしかめてもいたけど、それはそれで大人たちが笑っていたから、むしろあれが正解だったのかもしれないけど。

今日の仕事は終わった。会うべき客にはすべて会った。父と母はまだ誰かに会っているようだったけど、あとは部屋から勝手に出さえしなければ自由だ。Herre《Mr.》ケレスも隣の部屋だし。

アロンが窓辺に立っていることに気付いた。僕はベッドから立ち上がる。「アロン。カーテンは開けちゃダメって言われてるよ？」

このホテルは最上階のこの部屋でも下から見える高さなのだ。来訪中の王子がホテルの部屋でふざけているのが窓から見えた、なんてことになったら、それだけでニュースになってしまいかねない。

アロンは「分かっているよ」と頷いて微笑んだ。「いや、あっちの方向が日本だな、って思ってさ」

僕は窓に駆け寄った。うんと左を見れば北東。そう。台湾の端から日本の与那国島《よなぐにじま》までは、111キロしかないのだ。

地球の反対側に日本という国があると知ったのはいつだっただろうか。漫画とアニメの国。『SLAM DUNK』も『NARUTO』も『進撃の巨人』も、みんな日本人が創ったんだ。そして日本では今も次の名作が創られている最中なんだ。モセはまったく興味ないみたいだったけど、アロンは大の漫画好きで、その熱は僕にもうつった。

「たしか、フェリーが出てるんだよね。それに乗れば日本に行けるよ」

僕が言うと、アロンはニヤリとした。「そうだな。Herre《Mr.》ケレスの監視をかいくぐってこのホテルから脱出すれば、日本でオフが過ごせる。方法はあるかな？　脱出トリックだ」

それから僕とアロンは大真面目に、監視をくぐってホテルから脱出し、フェリーに乗って日本に行く現実的な計画を話しあった。モセは「よくやるね」という顔で笑っていたけど、楽しかった。

アロンとは、しょっちゅうそういう話をして盛り上がるのだ。でも、この夜のアロンはいつになく熱心で、喋っているうちにどんどん怖い目になっていった。今思えば、彼はあの時、何割か本気だったのだ。僕はそれを見て少し不安だったけど、初めての東アジアと、たった111キロ先に本物の日本がある、という興奮が勝っていた。

だが、話が進むにつれてアロンが僕を見なくなり、僕とやりとりをするのではなく一人でぶつぶつ言うようになってきたので、僕は怖くなって訊いた。

「アロン、一人で行ったりしないよね？」

僕の声があまりに不安そうだったのだろう。アロンはすぐに気付いたようで、笑った。「もちろんだよ。妄想さ。つい、ホテル脱出のトリックなんていうのを考えちゃってね」

漫画やアニメと同じく「ミステリ」も、僕たちは大好きだった。きっかけは『名探偵コナン』。スウェーデンのドラマは観たことがあったけど、日本では「本格ミステリ」という一つのジャンルにすらなっていて、そこでは魔法のような人間消失や、不可能を可能にする密室トリックが展開されていた。夏樹静子《なつきしずこ》。江戸川乱歩《えどがわらんぽ》。島田荘司《しまだそうじ》！　そのためにアロンと二人、日本語のリーディングを勉強しているくらいだ（漢字がめちゃくちゃ難しい！）。

それに影響されたのか、アロンは自分でもミステリを書き始めていた。もちろん、完成しても誰にも見せない。モセはそもそも見ないし、見せてもらえるのは世界で僕だけだった。僕が感想を言うと、それがどんなものでもアロンは喜んだ。腕組みをして「よし、次はミカが言うとおり、この要素を入れてみよう」なんて言うのだ。もっとも書きあがったものに本当に僕の意見が反映されていることなんて一度もなかったけど。

「いつか発表したいな。Koljuだけじゃない。英語版に、日本版！　それにここ台湾版も」

台湾もミステリが人気なのだ。林斯諺《リンスーイエン》に陳浩基《サイモン・チェン》。僕は拳を握った。「いいね！　そうしよう」

「ここにトリックのアイディアがたくさん溜まってるからな」アロンは自分のこめかみをつついた。「今、№31まである。全部発表できたら楽しいな」

話してはいるが、それが絶対に無理なことはアロンも僕も知っていた。王族が小説を、しかも殺人事件の出てくるミステリを書いて発表するなんて、聞いたことがない。仮に発表したとしても、それは絶対に匿名でなければだめなのだ。メリニア王国の王子が書いた、なんて知られたら、作品にどんなに魅力があっても「王子の変わったご趣味」にされてしまう。だから無理だった。両親から言われている。朝食の前の欠伸《あくび》からベッドの中での寝相まで。王族の行動はすべてがオフィシャルなんだ、と。匿名で小説を発表するなんて、絶対に実現不可能な夢だった。

僕にはそれがもどかしかった。アロンの頭の中にはこんなにたくさん物語があるのに。それを誰にも見てもらえないなんて。

だから必死で言った。

「アロンならできるよ。いつか絶対、頭の中のトリックを全部小説にして、世界中に発表するんだ」

いつもならすぐに笑顔を返してくれるはずのアロンは、この時だけなぜか、怖い顔で窓の外を見ているだけだった。

「……そうだね。そうしよう」

＊

「……きっとアロンはあの時、本気だったんだ」王子は言った。「僕が本気にさせた」

「んなわけねえだろ」王子の肩を叩く。「八歳の弟に言われてマフィアと組んだ？　殺人教唆をした？　ありえねえよ。アロンってのはそんな馬鹿なのか？」

「……天才だよ」

「だろ？　……なら、それが偽者だって証拠じゃないのか」

これを言うべきかどうかは迷っていたが、王子の顔を見れば、言わずにはいられなかった。俺にだって、兄弟が人殺しではないか、と疑った経験はない。王子の苦悩は想像を絶している。

「警察官の経験から言えばだな。訊かれもしないのに『僕は本物です』って言ってくるような奴は、十中八九偽者だ」

「だが奴は、僕たち兄弟しか知らないことを話した」

「らしくないな。そのくらい、トリックでどうにでもなるだろう」頭上で信号機が点滅している。

「たとえばだ。俺たちの前に現れた無傷のあの男がどこの誰なのかは知らんが、奴はただの影武者かもしれない」

さすがに難しい単語だろうかと思ったが、王子は普通に理解しているようだった。沈黙して思考を巡らせる顔になり、目に光が戻った。

「……つまり、そういうことか」王子は顔を上げた。「アロンはあの時、炎に飛び込んで一命をとりとめた。だがその時に全身に大火傷を負い、瀕死の状態でＭＩＢに回収された。そしてたとえば、救命と引き換えに協力を約束させられた」

さすがに理解が早い。俺は頷く。「たとえば、だがな。ＭＩＢ側としちゃ、いち科学者であるアロンより、王室のスキャンダルとしても使えるアロン第一王子の方がはるかに価値がある。そこで健康な姿の影武者を作り、そいつに『治験』の実行犯役をさせている」

「台北のホテルでのことを知っているのは、生きている本物のアロンから聞いたからか」

「本物を装おうとしているなら当然そうする」

王子は沈黙して視線を外した。これまでその可能性は考えてもみなかった、ということのようだった。

後ろをコンビニの軽トラックが通り過ぎ、遠ざかっていくまで、王子はたっぷり沈黙していた。空の色がはっきり変わり始めている。知らない間に、朝がそこまで来ていたようだ。

「……そうだな」

「だからとっ捕まえて、本物のアロン王子がどこにいるのかを吐かせなきゃならん。ついでに説教もだ。駅前で堂々とコスプレしやがって。コスプレイヤーのマナーに反しているんだろう？　あれは」

王子の表情が緩んだ。「……確かにな」

目標が決まった。いや、最新版にアップデートされた、と言った方がよさそうだ。偽アロンを逮捕し、本物のアロン王子の生存を確認する。

「だったらまずは飯だ。飯を食ってたっぷり寝る。精神的な休養も重要だ」王子に先だって牛丼屋の自動ドアを開け、振り返る。「どうだ。風呂入ってゆっくり寝たら、秋葉原に遊びにいってみるか」

王子は立ち止まっていたが、やがて自動ドアを通り抜け、照明の明るい、賑やかな店内に入ってきた。

「それは楽しみだ」

Case

III

二つの檻《おり》

1

　切ってみたらあまりにも赤紫でぎょっとした。中まで濃密に、隙間なく、染み出てくるほど赤紫だ。これはもはや「赤紫色の野菜」ではなく、赤紫色の色素体がたまたま野菜の形をとっていると言うべきではないか。その証拠に染める力がすごい。皮を剝《む》くとピーラーが、賽《さい》の目《め》切りにしていくと包丁もまな板も、むろん俺の手も、すべてが赤紫に染まっていき終末の空のようだ。これは緊張する。血のせいだろう。人間は派手な色のものが大量に付着すると本能的に緊張するのだ。

それにしても情けない話だ、とは思う。五十を過ぎて初めて生ビーツというものを買って調理し、それでこの狼狽《うろた》えようだ。

だがこの後にもっと不安な展開が待っている。レンジで加熱して皮を剝き、同じく賽の目切りにしたジャガイモが、すでに鍋に入っている。ベーコンも入っているし塩とマスタードも分量ぴったりに入れた。ラディッシュとゆで卵も輪切りにしてある。準備は整っている。だからこの純粋赤紫体をボウルに入れ、そこにさらにヨーグルトを投入しなければならない。何かの間違いではない。鍋の中にヨーグルトをだ。それもスーパーで選んできた、できるだけ酸味の強いものを。

歳をとるごとに食に関して保守的になると言われる。新しいものを受け入れ、楽しめるものの幅を広げる作業にはある程度の気力体力が必要で、それがなくなってきたのだと言うこともできるが、歳をとればとるほど食べ慣れないものを食べて体調を崩した際にリスクが大きくなるから、これを避けるための防衛本能なのかもしれないと考えたりもする。いずれにしろ、若い頃はあれこれ面白がって挑戦していた「新しい食べ物」を、とんと試さなくなっていたことに気付く。昼飯の店の開拓ですらここしばらくはやっておらず、見知ったチェーン店ばかりだった。

それが今、これだ。俺はビーツに包丁を入れながらひとり苦笑する。この歳になってメリニア料理なるものに挑戦している。ただ食べるだけでなく作っている。それも、他人のために。

そもそも、誰かのために飯を作ったのは何十年ぶりだろうか。それこそアミリアと交際していた頃以来かもしれない。戯れに「日本人なら全員寿司《すし》は握れるんだ」と嘘を言い、今度握ってやる、と安請け合いしてしまったことがあった。その後で板前修業をしている中学の同級生に慌てて電話をし、「それなら店に連れてこいよ」と呆れられながらも手順だけ教えてもらった。なんとかそれらしきものを握って出すとアミリアは驚き、「衛生状態は」「本当に生で食べられるの?」とさんざん逡巡《しゅんじゅん》した後(当時は、日本のSushiはそこまでポピュラーではなかった)、ようやく口にして、おいしい、と褒めてくれた。もっともその後で「慌てて練習したのね」と笑った。ばれていたのだ。

そんな・ことも・あった、とリズムをつけて念じ、そのリズムに合わせて勢いをつけ、ヨーグルトを投入する。部署柄、世界各地の文化について無知というわけではないつもりだし、若い頃はイギリス料理も何の抵抗もなく食べていたが、やはり日本人の感覚としては「ヨーグルトを混ぜるスープ」というのは慣れない。ビーツの赤紫とヨーグルトの白が混ざって一瞬のうちに鍋の中にローズピンクの花が咲く。まるで魔法のようであり美しいが、これは果たしてスープなのだろうかという根源的な疑問はそのままだった。ヨーグルトを入れるだけで水は一滴も入れないのだ。汁《スープ》というやつは、水に出汁《だし》の味を加え、具を煮込むもの。そこが最低限の共通項ではなかったのだろうか。水を入れない鍋。「パンチ禁止のボクシング」のようなものではないか。

菜箸の先を舐めて味見をしてみる。予想通りの酸味と予想外の旨味《うまみ》。ベーコンとヨーグルトのこくがあって、なるほどこういう食い物なのか、と納得がいった。まあ、調べたところによるとこの「スープ」はエストニアにもあるらしいし、一緒に作ったサラダとLihapulla《リハプッラ》という肉団子はフィンランド料理らしい。どうもメリニア料理という概念ははっきりしておらず、多くは周辺国の料理のアレンジ、といった感じになるようだが、とりあえず王子にとっては日本食よりこちらの方が慣れているだろう。

その王子はどこに行ったのかと思ったら、ベランダから叫び声が聞こえてきた。続いて掃き出し窓を勢いよく開け放す音と、どたどたという王族らしからぬ足音。

「おいKaru、来てくれ」

「うちは清潔にしているつもりだ。ゴキブリは出ないと思うが」

「違う。もっと凶悪なやつだ」このくそ暑い中、日光浴をしていたらしく、ハーフパンツ一丁の王子様は額に汗を浮かべている。「何だあいつは。壁に張りついてる。十センチ以上あるぞ」

王子に背中を押されながらベランダに出る。予想していたが、壁にはアブラゼミが一匹、孤独にくっついていた。むろん「十センチ」の半分だ。

俺はエプロンで手を拭きながら溜め息をついた。「セミだ」

「セミ？」

「Cicada」

「Cicada?」

「Hyöntus《ヒュンタス》」

「Hyöntus《昆虫》?　こいつが？　流氷の断末魔みたいな声で鳴いたぞ？」

「すまないが、網走に行ったことはない」ベランダから周囲を見渡してみせる。「だがセミなら網走《あばしり》に行かなくても見られるからな。秋口には掃いて捨てる程にいるんだ。あんたも見ていたはずだぞ。そこらの樹にとまって鳴いてるのが全部こいつらだ。今も聞こえるだろ」

王子はそこではっと目を見開き、自分の体が透けていることに初めて気付いた幽霊のような顔で周囲を見回した。「このGIIIIIIYU、GIIIIIIYUっていうのが、全部なのか……？」

「そうだ」

「街中すべての樹から聞こえていたぞ。なぜ樹が枯れない？」

「しがみついて鳴いてるだけだ。枯らしゃしない。夏の風物詩だ。Haikuの季語でもある」

「だからみんな平然としていたのか」

「子供なんてこいつの抜け殻を集めてくるぞ。源氏にも出てくる。『空蟬《うつせみ》の身をかへてける木のもとになほ人がらのなつかしきかな』」

「……日本の子供はタフだな」

「俺たちから見りゃ、サウナから出て裸のまま雪に飛び込むあんたらの方がタフだ。それが多様性ってもんだろ」料理が途中だ。それに日差しが強くてもう汗が噴き出てくる。とっとと中に戻ることにする。「調子に乗って日に当たりすぎるなよ。風呂で悲鳴をあげる羽目になるぞ」

「水風呂に入ろうとしていたところだ。用意を……いや、自分でやる。プライベートだからな」

王子はなぜかにやりとした。「やるなよ？　僕が自分でやる。今はプライベートなんだ」

「何度も言ってるだろう。頼まれてもやらん。自分のことは自分でやれ」

「その通り。Sitätumalyu《シタトゥマリュ》 ja《ヤー》 Ituekki《イットウエッキ》だ」

王子がよく言うやつだった。「独立と自立」ぐらいの意味なのだそうだ。「そりゃいいが、そろそろ昼飯ができるぞ」

「気になっていたんだ。peenayuulyu《ビーッ》の匂いがしている。何を作ってるんだ?」

「あんたの国の料理だ。日本の食材で作ったから、本場とは違うんだろうが」腕を組む。「いいかげん日本食ばかりで飽きた頃だろうと思ってな」

それを聞いた王子は不審げに眉間に皺を寄せた。素直に喜ぶとは思っていなかったが、これはどういう反応だろうか。

と思ったら、顔を赤くして壁際まであとじさった。「ぼ、僕は王族だぞ。分かっているのか?」

「何だ。日本人のメリニア料理は食えないってのか」

「ちがう」王子は叫んだ。「知らないのか? Koljuでは、相手の国の料理を作って振舞うのはプロポーズの意味だ」

「知るかっ。さっさと風呂入ってこい」

多様性というやつだった。毎日がこんな調子で過ぎている。

「こっちはどうだい? Karuの味付けは変わっているけど、僕はなかなか好きだな」

「そうですね。まろやかにしようと思って塩を入れすぎていると思います。日本人の味覚ですと、とかく『まろやか』にしたがりますが、むしろ鋭い酸味がアクセントになるべき料理ですよね」

「これももう一つどうぞ。Shikishimaは食べるのが早いね」

「職業上身についた悪癖ですね。王子はどうぞ、いつもの速度で」

「でも、こうして取り分けながら食べるのも楽しいね。Koljuではなかなかできなかった」

「それは何よりです。……ところで本郷さん。王子にプロポーズしたのですか？　身の程を」

「違うっつってんでしょうが」もしかして常識だったのだろうか、と不安になる。「ところで敷島さん。とても本質的な質問があるんですがね」

「どうぞ」

「……なんであんたがいるんです」

そこを訊けないいまま、Lihapullaは最後の一つになってしまっていた。

だが敷島は「休暇中です」と、何の参考にもならない答えを返した。「近くまで来ましたので。そろそろランチの時間かと思いましたので、ご一緒しようかと」

「ランチコースは要予約です。今日はたまたま作りすぎただけだ」

「もしかしたらそうなのではないかと思いまして」

「いい嗅覚をお持ちだ。警備犬係にご推薦しておきましょう」

学生時代、誰かが飯を食っているとそこになぜか現れ、「一口くれ」とお相伴に与《あずか》ることで食費を浮かせて生活する余田《よだ》という男がいた。三十年ぶりにあいつを思い出した。「休日にする趣味がないと、退職後に家でごろごろしているだけの年寄りになりますよ」

「仕事にサプライズを取り入れる試みをしていまして、休暇にも取り入れようかと。……ご安心下さい。ちゃんと休日の服装で参りましたので」

今日の敷島は背中がわりと大胆に開いたブラウスに軽そうなロングスカートと、要するにいつもの恰好だった。「……前から聞きたかったんですが、あんたの仕事着がああなのは、業務上の必要性からじゃなかったんですか」

「SNIDEL、好きなのですが？」敷島は眉をひそめた。「服装自由の部署ですから」

ソファの横に置いてある彼女のバッグに視線をやる。少し膨らんでいるようだ。この間の失敗を踏まえ、MP5《機関けん銃》でも入れているのかもしれない。実にいい趣味だ。

Lihapullaを一つくらい食おうと思ったら、最後の一つも王子に食われた。仕方なく敷島に訊く。

「で、今日は何らかのご用事が？」

敷島は一拍置いて窓の外を見た。ベランダの手すりに真夏のびかびかと目に刺さる日差しが反射し、かすかに聞こえる蝉の声と室内のエアコンの唸りが続いている。敷島は眼鏡を直してこちらに視線を戻す。

「鴨川《かもがわ》市にいらっしゃいませんか。おそらく館山《たてやま》市にも」

千葉県だ。房総《ぼうそう》半島の南端。気候がいいので別荘地になっているらしいが、おそらく、などという誘い方がもう怪しい。「……バカンスに誘ってくださると?」

「そうなることを祈りましょう」

敷島がそう言った瞬間、かちり、と音がした。王子がフォークを置いている。だいぶ鋭く反応した様子だったが、それでもあれしか音がしなかったのはさすがに王族と言うべきか。

王子は目を細めた。「……奴か」

「まだ分かりません。ジョン・スミス……」敷島は言い直した。「……偽アロン王子が活動を再開したとすると、少し早いという気もしますが」

下連雀の動画配信者殺害事件が解決し、鈴木圭太が送検されてから三ヶ月以上経つ。俺たちは王室庁と共に偽アロン王子の目撃証言を集めていた。「ジョン・スミス」は今度は鈴木圭太の「近くのアパートに引っ越してきた留学生」として出現し、親しくなっており、近所でも目撃証言はあったが、みな短く挨拶を交わす程度で、出入りしていた場所などは一つも出てきていなかった。

鈴木圭太は取調にも応じており、公判もスムーズに進みそうだった。だが被害者がそこそこ有名だったのと、鈴木圭太の犯行動機と、何より彼の用いた「アリバイトリック」が公表されてしまったことで、事件はマスコミで大きく取り上げられた。マスコミの切り取り方は鈴木圭太に同情的だった。もっともテレビや新聞といった既存のメディアが立場上、動画配信者の味方をするはずがないのだから、当然といえば当然だったのだが、受け取る大衆もそれに同調していたようだ。まともに配信をしている他の配信者が迫害を受けないよう目を光らせるしかないが、「迷惑系配信者」に関しては、奴らがただの犯罪者であり、そのファンも共犯者である、という認識が広まったのはいいことだろう。

だがその一方で、トリックが大々的に「発表」され、「まるでミステリーのよう」と騒がれてしまっており、快楽殺人犯めいた言動をする偽アロン王子に大いなる満足を与えてしまっただろうことが懸念材料だった。味をしめてまたやる可能性が大きい。

俺たちが聞く態勢になったのを見てとると、敷島は一つ頷いてフォークを刺していたLihapullaを食べ、スープをひとすくい口にし、アイスティーをこくりと飲んだ。早く喋れ。

「事件発生が昨日なので、まだ偽アロン王子の関与は確定的ではありません」

隣の王子を見たが、その言葉を聞いているのかいないのか、ただただ話の続きを促す様子で敷島を見ている。

「殺人です。昨日午前八時五分頃、館山市内の建設現場で、頭部と四肢を切断された死体が発見されました。両手両脚と胴体と頭部、ですので六つですね」敷島は指を三本立てながら言った。

紛らわしいことをするな。「電動のこぎりのようなもので切断したようですが、切断面がかなり汚かったことからして、犯人は慌てていたのかもしれないということですが」

頷く。バラバラ殺人というのは「珍しいが騒ぐほどではない」といった程度の頻度で発生する。

「ですが、本件は変わった点が二つあります。一つは死因です。胸部がキャタピラの形に陥没していました」

「……つまり重機による轢殺《れきさつ》か。確かに変わってる」死体がバラバラだったことは「変わった点」に数えないらしい。「まあ、殺人《コロシ》は殺人だが」

「はい。鑑識の結果、死因は重量物による轢過と確定しました。胴体と両腕がぺしゃんこ。それが作業小屋の玄関前に綺麗に並べて置いてあったそうです」敷島はそう言いながらタブレットを出し、食事中の俺たちに向かって死体写真を見せた。「発見した作業員は入院しています」

「じゃあ傷害罪も追加だ」

「そちらについても未必の故意[*15]は認定できそうですね。死体がこれですから」敷島の方は無表情なので、冗談なのかそうでないのか分からない。「変わった点はもう一つあります。死亡推定時刻が非常に明確に判明していることです」

敷島がこちらに向けて置いたタブレットに手を伸ばして操作する。表示されていた画像が食事中に相応しいものに変わった。壊れたスマートフォンとデジタル式の腕時計が並べられている。

「昨日午前二時ちょうど。被害者の友人のところに、被害者の携帯電話から着信がありました。時間帯が時間帯なので不審に思って出たそうですが、被害者が助けを求め、悲鳴をあげたところで通話が切れています」

敷島がタブレットを操作すると、録音されたその音声が流れ始めた。「助けてくれ」「殺される」と、どうやら電話の相手に向かって早口で繰り返す言葉。がさがさと何かが鳴る音。それから「やめてくれ」「頼む」と懇願する声。少し遠く聞こえることから、これはそこにいる犯人に向かって懇願しているのだろうと分かる。それから悲鳴。

通話はそこでぶつり切れた。傾聴したが、犯人の手がかりになるような台詞が飛び出すほどぬるくはなかった。被害者は拘束されていたようであるし、あるいは犯人が覆面等をしていて、被害者自身にも犯人が誰だか分かっていないのかもしれない。

「通話終了が午前二時一分四十一秒。被害者は健康管理のためスマートウォッチでバイタルデータを記録していました。そのバイタルが『停止』したのがこの二分二十秒後の午前二時四分一秒。これが死亡推定時刻ですね。鑑識とも一致しました」

つまり今の通話は「殺人の実況中継」というわけだ。これもまた、ランチのＢＧＭにはふさわしくない。「被害者の近くでガサガサ何か鳴っていたようですが」

「ビニールシートですね。被害者は縛られてビニールシートに寝かされ、その状態で轢過されたようです」

その後にバラバラにし、作業小屋の玄関前に綺麗に並べる予定なら、当然そうするだろう。合

＊15　「こういう結果になるかもしれないが、それでもかまわない」という程度の認識で行動しても故意犯は成立する。「いや、ハッキリそのつもりってわけじゃなかったんで」という言い訳は通じないのである。

理的だ。人殺しなんて大それたことをする点以外は。

「発信履歴等も確認済みです。間違いなく被害者の、リアルタイムの通話です」敷島の方は特に食欲に影響がないらしく、スープを一口食べた。「スマートフォン、及びスマートウォッチのGPSから、殺害場所がこの、館山市内の建設現場内であることもはっきりしています」

「犯行時刻も場所も確定か。妙だな」王子が腕組みをして口を開いた。「はっきりしすぎている。作為のにおいがする」

「同感だな。とっさに余計なことを喋られる危険を冒してまで実況中継をする理由は、死亡推定時刻をはっきりさせるためじゃないのか」

こんな考えがすんなり出てくるあたり、俺も大概、王子に毒されていると思う。だが偽アロン絡みの可能性がある以上、むしろそう考えるのが無難なのだった。ここは現実ではない。推理小説の世界なのだ。

「その可能性はありますね。実際に電話を受けた被害者の友人はさして親しい仲ではなかったそうですし、被害者のスマートフォンからはその直前に二件、発信がありました。いずれも深夜なので相手が出ず、犯人は誰かが出るまで適当に電話をかけ続けていたとみられます。であれば『その時間に電話があったという証拠』を残すため、手当たり次第にかけたと考えるべきでしょう」

敷島は王子をちらりと見ると、タブレットに視線を落として続けた。

「凶器となった重機はまだ見つかっていませんが、十五キロほど離れた鴨川市内の土木工事現場で使用されていたショベルカーが一台、行方不明になっていることが分かりました。鑑定の結果、死体のキャタピラ痕が、このショベルカーと同型のものであると判明。どちらの現場も、管理者は同じ鴨川市内の『ガッテン工業株式会社』ですし、周囲には同型のショベルカーを保有している会社はないようです」

鳴き止んでいたベランダのアブラゼミがまた鳴きだしたが、王子はタブレットを見たまま反応しなかった。

俺まで前のめりになることはない。アイスティーを飲んでひと息ついた。「……被害者もその社員ですか」

「そのようです。川面克也《かわもかつや》。四十三歳」敷島はタブレットを操作し、死体の顔の拡大写真を出した。「幸いなことに頭部は綺麗でしたし、左手薬指のエンゲージリングからも身元の確認ができました。長年着用していたのか、薬指にしっかりはまっており、鑑識は外すのに苦労したとのことですが」

当然、妻に顔を見せて確認したことになる。葬儀までには繋《つな》ぎ合わせておくだろうから、夫のバラバラ死体と対面する心配はないだろうが、想像するとどうにも食欲が失《う》せる。

「ただ、川面は職場でかなり嫌われていたようですね。新人の教育係をしていたそうですが、その日の気分でいじめる相手を決め、かなり執拗《しつよう》にやっていたようです。それで辞めてしまう新人も多く、社長も問題視していたところだそうですが」

つまり、現場の誰が犯人であっても不自然ではないということだ。そこのショベルカーで轢《ひ》き殺してやりたい――職場でいじめられていれば、そういう考えが出てきてもおかしくはないが。

「……疑問があります。なぜ犯人は鴨川市内の現場でやらず、館山市内の他の現場で川面をやったのか」

「それこそが、王室庁が本件に着目した理由です」敷島は俺ではなく王子を見た。王室庁の動きすべてを王子が把握しているわけではないので、王子も聞く態勢を崩さない。「近隣で重機窃盗事件が連続し、重機の管理は厳重になっていました。鴨川市内の現場も高さ三メートルの鋼板で仮囲いがされ、重機をゲート以外から出入りさせることは不可能でした。そしてゲートの鍵は施工管理者の村上《むらかみ》という男がきちんと管理していました。合鍵もないそうです」

王子は言った。「じゃあそのMurakamiが犯人だ」

「特捜本部もそう予想しているようですが」その通りだったらこちらに話など来ないだろう。敷島は言った。「仮に村上が犯人だとしても、十五キロ離れた館山市内の現場まで『凶器』を運ぶ方法がありません。村上自身は重機の操作免許を持っていないこともありますが、重機が置かれていた鴨川市内の現場から、川面が殺害された館山市内の現場までは十五キロあり、主要な道路にはN＊16が設置されています。事件前日の夕方に鴨川市内の現場が施錠されてから死体発見までの間、ショベルカー本体はもとより、積載できるサイズのトラックも通っていないことが確認されています」

となると、鍵を持っていた村上にも犯行は不可能ということになってしまう。王子も「なるほどね」と日本語で言った。殺人自体は侵入可能な現場で行われていても、凶器であるショベルカーが鴨川市内の現場から出られず、仮に出られても出てもNの網がある、という二重の密室に囚《とら》われている。

「『凶器の二重密室』」王子も言った。「偽アロンがやりそうなネタだ」

「そう思いましたので、休暇中にこちらに伺いました」敷島が無表情で頷く。「そちらもお休み中かとは思いますが。……どうしますか？」

「訊かれるまでもないな」王子は立ち上がった。

「家でのんびりしていようと思ったところだが」俺も立ち上がった。「予定変更だな。この週末は南房総でバカンスだ」

＊16　Nシステム（自動車ナンバー自動読取装置）。主要道路上に設置され、通過する車両のナンバーを自動で読み取り、手配車両と照合するシステム。スピード違反の検知はしないとされているが、そもそも検知の有無を問わず、制限速度は遵守すべきである。

2

「そもそも『携帯電話で死亡時の実況』というのが怪しすぎると思わないかい？　不可能犯罪を扱うミステリでは、『どこに』トリックが仕掛けられているかが最初の時点でだいたい推測できる。『普通と違う場所』がそこさ。鍵を閉めずに固めたチーズでドアを封じてある密室なら『チーズ』の部分に、飛行船が飛んでいる映像でアリバイが成立したなら『飛行船』の部分にトリックがあるものさ。被害者の友人が聞いた通話内容はあらかじめ録音されたものじゃないのか？携帯電話はＳＩＭカードを移せばＧＰＳ上の位置も変わる。ＧＰＳをごまかしたっていう可能性もあるよ」

「特捜本部もその可能性を考え、携帯電話に細工の痕跡がないことを確認しています。スマートウォッチは壊れていましたが、被害者の生前に外した形跡がないことも、サーバー上のデータで確認が取れています。間違いなく、川面克也は午前二時前後に、館山市内の工事現場内で殺害されています」

「それなら凶器がショベルカーだという点だな。鴨川市内の現場からショベルカーのクロウラーベルトだけを外して持ち出し、同型のショベルカーと重量だけ同じにした自作の車に装着するんだ。川面を轢き殺すためだけに作られた車両さ。もちろんショベルカーと違って分解可能だから、小型のトラックにも積める。『本当の凶器はショベルカーじゃなかった』っていうのは？」

「犯行時間帯にNにかかったトラックやバンは十四台。すべて所有者の確認が取れています。現場には、不審な大型トラックどころか小型トラックやバンも入っていません。また、そもそものような車両を自作するにはかなりの技術と資材が必要です。『ガッテン工業株式会社』の従業員にそうした技術を持っていた者はいませんし、『ジョン・スミス』にSNAKEを投与されてからの短期間で習得するのも不可能でしょう」

「それならショベルカーを空輸するのはどうだ？　大型のドローンを複数用意して、ゲートもNも飛び越えて現場に持っていけばいい」

「商業用の大型ドローンでも最大積載量は50kgほどですので、3・8トンもあるショベルカーを空輸するというのは現実的ではありませんね」

　俺はハンドルを握っているので振り返れない。ルームミラー越しに敷島を見た。「俺からも質問してよろしいですか」

「何でしょう」

「あんたの横に置いてあるそのバッグは何です」

「プールバッグですが」敷島は無表情で答えた。「休暇で南房総に来て、マリンスポーツも海釣りもしないのは不自然ではないでしょうか」

「スパイみたいな言い方をしないでください」ではその隣の長い荷物は釣竿《つりざお》らしい。

「休暇中にすまない」王子の方が当然のように受け入れているのは文化の違いだろうか。「だが、捜査の進み方次第では休暇中に電話をしてしまうかもしれない」

「私の携帯は完全防水ですので、問題はありません」

海上で電話に出るつもりらしい。

前方のクラウンがウインカーを出した。ここで左折ということは、鴨川市内の現場を先に回るようだ。さすがに王室庁の人間は丁寧な運転だった。王子が日本での住居を離れて外泊する、となれば俺一人に任せておくわけにもいかないわけで、現地での御用聞きや護衛その他も兼ね、王室庁の人間が運転する車が先導をしてくれている。それだけでなく、王室護衛官たちの乗った例のバン数台もこちらに向かっているという。今回は輸送トラックまであるとのことで、車窓から見えるのどかな風景にはいささか似合わない事態になりそうだった。いや、館山には海上自衛隊の航空基地がある。もともと海辺に軍事基地はつきものであるから、あながち似合わなくもないのだろうか。

日差しは強く、空は広い。周囲の風景が平べったいのは三階建て以上の建物が少ないせいだ。スーパーの駐車場はだだっ広く、片側二車線の道路脇にはひときわ背の高いフェニックスの樹が並んでいる。こっちも休暇で来たかったところだが、仕方がない。まずは生きて帰れることを喜ばなければならない立場になってしまっている。

だが不思議なことに、辞めたいという気持ちは心のどこを探しても一粒もなかった。それどころか充実感がある。まさか俺は、「仕事が楽しい」などという、ここ数十年味わったことのなかった状態になっているのだろうか。

途中の駅前で心なしかいつもより大仰に敬礼する敷島を降ろし、鴨川に向かう。バカンスより楽しい、とは微塵も思わないが。

車を降りると蟬時雨《せみしぐれ》が全身を包んだ。特徴的なミンミンゼミのメロディにツクツクボウシのハーモニー。アブラゼミの通奏低音。それに加えてかすかにうねるこれはクマゼミだろうか。昔は西日本の蟬という印象だったが、生息域が広がっていると聞く。

日差しは強いが潮風が爽やかなせいか、思ったほど辛くはない。現場は国道から外れた崖の上だが、真っ白に陽光を反射する仮囲いがここからでも見えている。俺はシャツの胸元を扇《あお》いで歩き出すが、振り返ると王子が立ち尽くしていた。

「どうした」

「……何だこの数は。まさか、まわりじゅう奴でいっぱいなのか？」

その声も蟬時雨に圧されて聞こえにくい。

「当然だ。日本の夏はこういうもんだ。いいから早く行くぞ」初めてキャンプをした都会っ子のようだ。「あとで海岸の岩場に連れていってやろうか。蟬なんかよりはるかに可愛い、脚の多い奴がびっしりだぞ」

「けっこうだ」王子は腕を振りながら大股でこちらに上ってきた。「現場を見る。それと何名か、従業員がいるんだったな？」

「敷島が話を通してくれているそうだ。事情聴取に割り込めるだろう」

その代わりに現場にはまた嫌われるな、と思う。どこにも割り込んでくる得体の知れない、なのに上からの指示で便宜を図ってやらねばならない連中。特捜本部側からすればそうなるだろうし、立場が逆なら俺だって疎んじているはずだ。警察の不可解。自分がその一部になってしまったことをあらためて噛みしめながら、俺は見張りの巡査に身分証を見せ、立入禁止のテープをくぐってゲートを通る。現場の仮囲いはイメージより高く、堅牢《けんろう》だった。高さ三メートルというなら、バスケットゴールとほぼ同じだ。巨大な白い鉄板はかなりの重量がある上、台風にも耐えるようしっかり固定されている。敷島の報告では「仮囲い周辺に、一度抜いて設置し直す等の細工の痕跡は見つからなかった」とのことだったが、そもそも細工自体が難しいサイズだった。同じことを感じたのか、王子もゲートを通る時にコツコツと鉄板を叩いた。

天井もなくただ囲ってあるだけで空間に「内」と「外」が生まれるのは奇妙なことだが、現場の内側に入って周囲を見回すと、なるほど出口なしだな、と思う。崖の上と言っていいロケーションであり、海に面した部分だけは囲いがないが、草をかき分けて崖まで行くとかなり切り立っていることが分かった。先に見える水平線は美しいが、ロープと「注意」の看板が示す通り、ぼんやり見とれて五、六歩進めば真っ逆さまに落水、地獄の苦痛の後、天国に直行できる地形だ。

崖方向からは重機どころか手押し車一台持ち出せなそうだった。そして振り返ると、真っ白に聳《そび》え立つ高さ三メートルの壁がぐるりと周囲を囲んでいる。N以前に、この現場から重機を出すことがまず不可能だ。

「トンネルを掘れるような土じゃないな。もちろんその痕跡もない」王子は後ろの方で地面を撫でていた。「すごいな。土が熱い」

「崖のどこかにぶら下げて移動、なんていうのも非現実的だな」

言いながら王子のところに戻る。俺は偽アロン生存の謎を思い出していた。あれも似たような状況だった。海に落ちればお陀仏《だぶつ》。そして切り立った崖の斜面というのは、これほどまでに摑まりどころがない。

「ショベルカーがあんなにあるんだからな。あのあたりの山を崩して、仮囲いを乗り越えるサイズのスロープを作れば——というのも、少しは期待していたんだが」王子が隅の砂山を指さす。

「ありえないな。そもそも囲いの周囲に痕跡が残りすぎる」

蟬時雨に対抗するように大声で言い、王子はハンカチを出して額の汗を拭いた。こちらはさすがにポロシャツにチノパンという恰好なのだが、王子はいつも通りの仕事着で、シャツこそ半袖だがネクタイまで締めている。木陰から出たくない俺と違って日差しも平気なようだが、ビタミンDが閃《ひらめ》きをくれる、というわけではないらしい。「厄介だな。ショベルカーを持ち出す方法がない」

一つ目の密室すら解けない。

となると、容疑はやはり施工管理者の村上に向くことになる。だがそれゆえ村上は重参扱いであり、現在は南房総署の取調室にいる。

「だが村上も村上で厄介だぞ。Nを抜けて、ここから館山の現場までどうやって重機を持っていく。Nはすべての道を押さえてるわけじゃないが、すべてかわすにはかなり綿密にコースを設定しなりゃならない」

「そうなれば裏道を通ることになり、かえって目立つ——ということか。偽アロンから熱光学迷彩を借りたのかもしれないぞ」

「トラック一台分を覆うだけのクアンタム・ステルス素材をぽんと貸してくれるわけか。マフィアは気前がいいな」現場内を見回す。蟬時雨に慣れてしまえば、ふわり、ふわりと潮風が吹くだけで静かな現場だ。「あの素材で覆ってしまえば運転席から外も見えなくなる。そもそもエンジン音も排気ガスもそのままだ。人間のようには隠れられない」

一つ目の密室の鍵を持っている村上が犯人だと仮定しても、Nという二つ目の密室は突破できない。厄介だった。

王子も日差しの中、何かを求めるように周囲を見回している。作業は休みになっているので、アームを伸ばしたまま沈黙するショベルカーたちが、顎を床に乗せてくつろぐ犬のような恰好で沈黙している。

離れたところから砂を踏む足音が聞こえた。作業員詰所から、俺と似たような恰好の刑事が二人、出てきたところだった。中にいる作業員たちと言葉を交わしている。こちらを振り返ったので会釈して向かった。なにしろこの王子を連れている。ちゃんと挨拶をしないとこっちが不審者にされかねない。

「どうも。警察庁《サッチョウ》の敷島さんから話があったと思いますが、お世話になります。警視庁国際犯罪対策課の本郷です。こちらはBKAのユリアン・フォーゲル刑事」

とにかく敷島の名前を出すしかないのだが、当人は現在、バカンスを満喫中だというのが何となく癪《しゃく》だった。だが県警本部と南房総署から来たという二人の刑事は恐縮した様子で頭を下げた。王子を見ても「これはまた」とその容姿に圧倒される様子を見せるだけで、東京の刑事のように胡散臭《うさんくさ》げにじろじろ見てこないのはありがたかった。

「我々は今、こちらの二人に話を聞いておりましたが。……なかなかどうして、被害者は評判がよろしいようで」

県警本部の刑事が肩をすくめて作業員二人を指す。がっしりした四角い体型の男と、ひょろりとして眼鏡をかけた東南アジア系の男。だがこちらも現場仕事で鍛えられているのは、肩回りの筋肉でよく分かった。

「あ、虻川裕太《あぶかわゆうた》です」四角い男は体育会系の動きで礼をした。「あんまり死んだ人を悪く言いたくはないんすけど、川面さん、だいぶ恨まれてました。たぶんみんな嫌いです」

初対面の俺たちに対し開口一番この言い方ということは、何を措いても「まずそれを」伝えたかったのだろう。殺されたのにこれとは、なかなか素敵な嫌われぶりだ。

「ていうか、あんまりひどいんで社長に直談判《じかだんぱん》しようぜ、って、こっちのグエンたちとも相談してたところで」

王子が眼鏡の男を見ると、こちらも頷いた。

「グエン・ヴァン・ドゥックです。ヴェトナムから来ました。他にもヴェトナムの人、フィリピンの人、タイの人もいましたが、川面さん、『ガイジン』は特によくいじめてました」

グエンがその単語を知っていること自体が証拠というわけだ。虻川も頷き、心配している様子で訊いてきた。「あの、村上さんって今、逮捕されてるんですよね？　村上さんがやったんですか？」

「本当は捜査情報ですので、漏らすことができないんですがね」南房総署の刑事の方が掌《てのひら》を見せて囁き声になる。「とりあえず今は、任意でお話を伺っている、とだけ」

南房総署の刑事は許可を求めるようにこちらに視線を送ってきたので、小さく頷く。いろいろ話が聞けそうなこの二人と「いい関係」を作るため、あえて今のような態度をとる。聞き込みではよくやることだし、所属の違う俺たちに許可をとる必要もなかった。

「村上さんは、ここの鍵の管理はしっかりしていたそうですね？」

俺が訊くと、虻川ははい、と頷いた後、舌打ちして頭を掻いた。「訊かれたんで答えちまったんですけど。……言わなきゃよかった」

「いいえ、こちらは助かりました」王子がすかさずロイヤルスマイルを作る。「話してくれてありがとう」

「あ、いえ」

まともに見つめられた虻川は赤くなって俯く。無駄に惚《ほ》れさすな。肘で王子をつっきつつ訊く。

「村上さんの方は慕われていた？」

「いい人でした」グエンの方がすぐさま答えた。「川面さんがいじめるのを、村上さんが止めてくれていました」

虻川は後悔している様子で唸り、頭をまた掻く。

俺は隣のグエンの様子が気になった。虻川の方をちらちらと見て、何か遠慮しているような顔をしている。虻川に遠慮しているとなると。

礼を言い、他の三人とともに出ていこうとするグエンが最後尾になったので、小さく声をかけた。

「Do you know anything about this?《ドゥユノッアニシアバッジ》」

早口で話せば他の三人は聴き取れないだろう。内緒話の雰囲気、というものはしばしば有効だった。「Tell me please. I need it for him.《テミプリッアイニッイトゥフォヒ》」

グエンは立ち止まり、振り返った。俺はまっすぐにその目を見る。

迷っていたようだったが、グエンは俯き、小声で言った。「I saw him last night.」

「What time? Where?」

「On a busy street in Tateyama City ……around midnight.」

「What was he doing?」

「Go into the ……sex shop.」

なるほど、言いにくい理由はそこにもあったらしい。「OK. We protect his privacy, of course yours too.」

虻川と刑事二人も立ち止まってこちらを見ている。俺はグエンの肩を叩いた。「Thanks.」

刑事二人が頷きあう。南房総署の刑事が二人を敷地の外まで送っていき、県警本部の刑事がこちらに近付いてきた。「今、何を」

「事件の日の零時ちょうど頃、館山市内の繁華街で村上を見たそうです」グエンに訊き返しても、二度は言ってくれないだろう。刑事に念を押す。「風俗店に入っていくところだったそうです。確認を」

刑事の表情が変わった。「確認します」

刑事が電話をしながら去っていくと、王子に肘でつつかれた。「わざとVietnaminglish《ヴェトナミングリッシュ》を使っただろう[*17]。いやらしいな」

「賢明だと言ってもらいたいね」

「いや」王子はにやりとした。「あんたのそういうとこは、なかなか便利だ」

「ご利用ありがとうございます。是非レビューに五つ星をお願いします」立っているだけで汗が出てくる。手で拭い、車に向かう。「こんなくそ暑い中、突っ立っていることはないな。館山に行く」

王子も頷いてついてきたが、考え込んでいる様子だった。村上は館山にいた。そこまではいいが、奴が犯人だとしてもNをかわす方法は結局まだ見つかっていない。こういう時は基本だ。足で探す。

3

だが、館山市内の現場に着いた直後にかかってきた電話が、進んでいたと思っていた状況をスタート地点にまで戻してしまった。

「……午前二時過ぎまで？　間違いないんですね？」

――複数の店員から証言が取れました。その、まあ……警察だ、と念を押したわけですし。

＊17　Vietglish とも言う、いわゆる「ヴェトナム英語」。英語は世界中で使用されているため、アメリカ英語だけでなくオーストラリア英語、北欧英語、シンガポール英語（Singlish）等、各地の特徴的なアクセントが存在する。ジャパニーズイングリッシュもbとv、sとthを区別しない等かなり特徴的だが、こうした地域性は若い世代になるほど薄れている。

風俗店は警察に目をつけられるのを恐れるから、捜査には協力的だ。だがそれが情報の確かさを決定付けてしまった。村上は事件時、午前零時頃から二時過ぎまで店舗内にいたと、風俗店側が証言した。死亡推定時刻は午前二時二分過ぎ。店から現場——俺たちが今いる館山市内の工事現場までは片道三十分かかる。店舗はサービスの途中で抜け出せるような構造ではないし、抜け出したとしても現場を往復し、犯行をして戻る時間はない。村上には完璧なアリバイが成立してしまったのだ。

溜め息をついて電話を切る。車のエアコンが外の日差しに抗しようと、ずっとフルパワーで動き続けている。木陰に止めていてもダッシュボードが熱かった。

「厄介になったな」

「予想通りになっただけさ」

王子は平然と言う。「偽アロンなら当然、こうする」

想像がつかなかった。村上が犯人であったなら消えていたはずの、一つ目の密室が復活してしまった。囲われた鴨川の現場から凶器を持ち出す。さらにNにかからずに館山の現場まで移動して犯行をする。ショベルカーが空を飛べない限り不可能に思える。

「犯行後の後始末はまあ、できそうではあるがな……」

外を見る。この現場も鴨川の現場同様、海に面している。ショベルカーはそのまま海に捨ててしまえばいい。水深もあり、そう簡単に発見されるものでもないはずだった。

王子がドアを開けて車を降りる。やれやれこのくそ暑い中またフィールドワークだ、と思うが、犯行現場を見ておかないわけにはいかなかった。県警の捜査員と鑑識がすでに這いつくばって調べているはずだが、それでもまだ「何か」の期待をしてしまう、というのが刑事の本能だった。現場の入口から少し離れて木陰に立っていた門番役の若い制服警官が慌てて駆けてくる。恐縮しているので「いえ、そこで結構です」と宥《なだ》めた。出入口をチェックしていればいいのであって、好き好んで熱中症になる必要はどこにもない。もっとも見回してみると鴨川と違い、こちらの現場の囲いは樹木や斜面などでかなり隙間があり、出入口を施錠したところで重機の出入りができないというわけではなさそうだった。神の慈悲だ。三重の密室にはならなかったのだから。

脳味噌《のうみそ》に響く蟬時雨と重機に悪そうな潮風は鴨川の現場と同じだったが、こちらはやや狭いようだ。重機はなく、停まっているのはトラックと軽のバンが一台ずつ。敷島からの情報では、作業開始の予定日が決まらず、ひと気もなかったという。周囲には建物がなく、囲いがある。人間の解体にはうってつけの場所だった。俺は見回しながら歩いていたが、王子はまっすぐに海に向かっていた。バッタやコオロギを飛び出させながら草叢《くさむら》を抜けると、すぐに崖がある。

「鴨川の現場と同じ構造だな」王子はパンツの膝が汚れるのも構わず地面に膝をついて下を見る。真下では白い波頭が形を変えているのが見える。落ちれば海面まで一直線だ。「一つ考えたんだが」

「何だ」

「空輪が無理なら、海上輸送はどうだ？　鴨川の現場の崖下に輸送船をつけて、リフトでショベルカーを降下させる。館山まで海上を移動して、館山の現場に設置したリフトで吊り上げる。これなら仮囲いもNも関係ない」

「船一隻。3・8トンの重機を上げ下げできるリフトを二基。どこでどうやって調達するんだ？」

さすがに王子様は考えることのスケールがでかい。「リフトの設置と上げ下げだけで何時間もかかるし、でかい音も出る」

王子は肩をすくめて周囲を見た。「こいつらの声でかき消せないか？」

「蟬は夜には鳴かない。かわりに他の虫と絶叫する鹿[18]がいるが、作業音の前じゃ妖精さんの囁《ささや》きだ」

「確かに」王子は二の腕を掻いた。[19]「……この崖にリフトを設置するのが、そもそも無理かもしれないな」

溜め息をついた王子の背中に、茶色いでかいやつが飛んできてとまった。「うわ。待て。Karu。奴がいるぞ。消えた。どこだ？　捜してくれ！」

銃撃されてもここまで慌てなかったというのに、よく分からないやつだ。「あんたの背中に張りついてる」

「嘘だろ？　取ってくれ！　早く！　血を吸われる！」

「吸わないってんだろ」蟬捕りなんて何十年ぶりだろうか。王子の背中にしがみつこうとするアブラゼミを引きはがす。

「取れたか？　今、背中が引っぱられたぞ！　傷はないか？」

「ねえよ」

「信じられない！　なんで人間なんかにとまるんだ？」

「知るか。どこでもくっつく生き物なんだ。背中にとまったまま鳴くやつもいる」

「裏側を見せないでくれ。早く捨ててくれ。命令だ！」

初めてそんな言い方をしたな、と思うが、初めてがそれか。「御意」

「うわっ。何か飛ばしてきたぞ」

「小便だろう。慌てるとかけていくんだ」

「無礼な」

「疲れて飛び込んだベッドが王宮の最奥じゃ、むこうだってびびるだろう。落ち着け」

「僕は落ち着いている……」言いかけた王子はぐらりと体を揺らし、こめかみを押さえた。「頭が痛い。吐き気もする。奴の毒だな？」

「熱中症だ。騒ぎすぎなんだ」

＊18　キョン。主に房総半島に生息する特定外来生物。体長一メートル程度の小型の鹿のような動物。市街地にも多く出現し、畑などを食い荒らす外、「ギャアアアアア」という凄まじい声で咆哮《ほうこう》するので怖い。
＊19　いなそうなイメージだが、北欧には蚊が多い。森と湿地帯が多いので、まあ当然といえる。

とはいえ、一国の王子の体調不良である。下手をすれば大問題になってしまう。俺は急いで王子の背中をどやし、冷房を効かせた車内に座らせ、座席を倒させた。

従者の車が近くにいるはずだった。報告したものかどうか迷ったが、王子は絶対に嫌がるだろう。「……待ってろ。飲み物を買ってくる」

「……SRBSが欲しい」

「真夏にはなかなかないぞ。もともとあれは珍しいんだ」

さすがに、炎天下を日傘もなしに歩かせすぎたと思う。日本の夏の不快指数は世界でも類を見ないレベルであり、まして相手は王子様なのだ。あとで従者から怒られそうではある。

アクセルを踏んで車を出す。「カフェにでも入ろう。少し休むぞ」

要するに、と思う。迂闊《うかつ》にもいつの間にか俺は、こいつを配慮すべき賓客ではなく、ただの相棒として扱っていた、ということなのだろう。


仕事柄、旅行の趣味はなかったので、最後に南房総に来たのも三十年くらい前になる。その時にはこんな洒落たカフェはなかったな、と、店内を見回しながら思った。南国風の内装だが和洋折衷で、畳の小上がりがあったり窓に簾《すだれ》がかかっていたりする。海からの風で風鈴など鳴っていたらさぞかし風流なのだろうが、最高気温三十五度超えが当たり前の現代では無理な話だ。いや、風鈴はあるのだがシーリングファンの風で鳴っているため、ずっと鳴り続けで少々煩《うるさ》い。

だが、外観から目をつけた通りメニューは和風であり、王子も宇治金時の大盛かき氷にありついて回復したようだ。「いいな。日本人はこんないいものを毎日食べているのか」

「ピザにコーラって方が多い。そんなものだ」

「選択肢がある、というのは素晴らしいことだよ。幸福度とはつまり選択肢の数だ」王子は自分のかき氷を指さした。「僕の宇治金時なんて少し前から氷だけになっている。不幸だ」

「上だけ食うからだ。掘っても何も出てこないぞ」そういえば、かき氷を食わせたのは初めてだったかもしれない。「どうするんだそれ。……ええい。じゃあ、こうしてやる」

俺は腰を浮かし、自分の冷やしぜんざいを匙《さじ》ですくって王子のかき氷にかけた。

「すまない。自分のSRBSを減らしてまで」王子は喜んでスプーンを突き刺した。「この借りは一緒に生活していれば自然と返っていくだろう」

「大した自信だな」冷茶を飲む。「……で、さっきまでの頭痛は自然と消えたか?」

「消えたけど、生産性のない頭痛だったな。夏の泥棒みたいに何も残してくれなかった」王子は日本人には分からない言い回しを日本語でしながら、スプーンでざくざくと氷を掘る。かき氷の中にはアイディアなど埋まっていないわけだが。「どこかで同型のショベルカーを盗み、かわりに自作のハリボテを置いておく、というのは?」

「偽アロンと会ってからの数ヶ月では準備できないな。そもそも同型のショベルカーは周囲に数台しかなかった。すべて確認されているそうだ」

シーリングファンがからからと回り、甲高い風鈴の音が続く。これだけ案を出してもまだ解けない。鉄壁の密室だった。偽アロンは何か〝ずる〟をしているんじゃないかと、そういうことすら考えてしまう。

同じ場所で回り続けるファン。繋がれたまま往復し、同じ音を鳴らし続ける風鈴。ただの風景すらそういうふうに見えてきてしまう。もともと刑事の仕事など、その99%は無駄でハズレの「成果なし」なのだ。聞き込みをしたが特に何も聞けませんでした。遺留品を追いましたが犯人像を絞る役には立たないことが分かりました。だから無駄や行き詰まりには慣れているはずだった。なのに、今は妙にこたえる。

老けたのだろうか？

いや、違う。違わないが、それとは関係がない。今の俺たちがしている仕事は、本質的にそれまでの仕事とは違うのだ。個人個人の失敗と全体の勝利を前提に、歯車となって決められたコースを進むいつもの仕事とは違う。自分でコースを決め、独りで責任を負い、勝敗に何の見通しもない勝負での行き詰まり。ミステリに出てくる「探偵」の仕事だ。彼らは常に、こんなことをしていたのだ。なるほど非現実的な奴らだった。

だが今はこちらにも非現実的な奴がいる。人口百万程度の小国とはいえ一国の王子様が相棒にいる。そしてこの王子様は、なんだかんだでこれまでに二件、不可能犯罪のトリックを解き明かしている。傾向と合理性で動く特捜本部では、こうはいかなかっただろう。

もっともその王子様は今、見事に行き詰まっている様子で、整いすぎてCGのような顔でかき氷をつつき、悩ましげにしているのだが。

俺は力を抜いてみせた。「今回は手強《てごわ》いな。だが、殺人事件の時効は廃止された。人類滅亡までに解決すりゃいい」

王子は不満そうで、スプーンで氷をつつき続けている。王族らしからぬ仕草が最近増えてきたようだが、俺が王室庁に怒られないだろうか。

「どうした」

「……すまないが、かけてもらったSRBSが尽きた」

「だから上だけ食うな。もっとこう、掘り下げるんだ。下と一緒に食え」

また冷やしぜんざいをかけてやる。この分では王子が食い終わるまでこちらもぜんざいを保持しておかないといけない。

が、王子はなぜか、ぜんざいをかけられたかき氷をじっと見ていた。

「……どうした。今度は腹を下したのか？」

「いや……」

王子の翠色の目が見開かれている。まばたきもしなくなったようだ。唇が動いて呟く。「……Ai niin!」

「どうした？」

「可能性を見つけた」王子は興奮しているようで、スプーンを握った手をどん、とテーブルに置いた。握られていたスプーンの柄がカッン、と景気のいい音をたてる。「考えてみれば当然のことだったんだ。これまでどうしてあの点を無視していたのか、自分でも理解できない」

「もう少し具体的な話を頼めるか」

「確認もすぐにとれるぞ。犯人はまだ分からないが……」

「いや、犯人の方はとっくに見当がついている。特捜本部にはとても言えない理屈で、だが」

俺が言うと王子は目を見開いたが、すぐににやりとした。「そうか。なら解決が早い」

「裏で糸を引いているのは偽アロンなんだろう？　なら、すぐに気付いていなきゃいけなかった」

俺の説明に王子はすぐ納得したらしく、疑問も反論も挟まなかった。聞き終わると黙って頷いて立ち上がり、立ち上がる必要はないと気付いたらしくまた座り、携帯を出した。

「王室護衛官部隊を召集する。今度はあらゆる事態に備えるぞ。絶対にここで……決着をつける」

王子の目には決意の炎が浮かんでいたが、それが途中までの決意であることも分かった。「決着」が"arrest"なのか"kill"なのかは、まだ分からないのだ。

それでも進む。これ以上、こいつの兄を装う偽者に殺人をさせたくはなかった。

「説明してくれ。俺の仕事は何だ」

4

「……すいませんね。休暇中に仕事を入れちまって」

敷島にはそう言ったが、実際のところは逆で、彼女が「仕事中に休暇を入れている」のかもしれなかった。

護衛官部隊の小隊長に手で指示をし、敷島は無表情で答えた。「構いません。休暇はすでに堪能しましたので」

持っているバッグからシャチのぬいぐるみが顔を出しているから、嘘というわけではないのだろうが。

現在19：25。日は没し、昼とは違う虫の音が草叢の闇から湧き上がってくる。気温はやや下がったようで、立っているだけで汗でべたついてくる状態ではなくなった。

周囲には王室護衛官部隊の偽装バンとトラックが並んでいる。王子の権限で動かすことのできる、ほぼ全部隊を日本に呼び寄せて集結させたらしい。そして彼らは、メリニア陸軍から特別に融通してもらった「重火器」その他をふんだんに備えた完全装備をしている。

戦争じゃないか、と思う。確かにＳＮＡＫＥの「普及」次第では戦争以上に世界を変質させてしまうのだから当然なのだが、逆にそうなると、こんな日本の田舎で、たったこれだけの人数でそれに挑むというのがひどい綱渡りに思えてくる。もちろん、そういう状況ならただのいち警察官である俺自身こそ場違いなのだろう。現に俺は敷島や王子と違い、ただ突っ立っているだけの時間が続いていた。

「……この分だと、俺の出る幕はなさそうですね。五十過ぎのおっさんは足手纏いになりそうだから、引っ込んでいた方がよくはありませんか」

「いいえ。おそらくあなたが必要になります。本郷馨巡査部長」敷島はシャチのぬいぐるみを抱いて言った。「自覚はないようですが、他でもないあなたでなければいけない場面はかなりの確率で想定されます。同行を命じます」

初めて彼女から「命令」をされたな、と思う。俺は肩をすくめた。身体能力も判断速度も二十代の頃の七割がいいところだ。「そんなものがありますかね。こんな年寄りに」

「そんなことを言っているのは、あなただけですよ」

いつも無表情な敷島の声に、わずかに呆れのようなものが混じっている気がした。

「ご存じですよね？　王子があなたのことを年寄り扱いしたことは、これまで一度もなかったはずです」敷島は、私も同じです、と小声で付け加えた。「だからあなたも、王子のことを子供扱いしたことは一度もなかったはずでは？」

貴賓扱いしたこともあまりなかったが、そこは不問にしてくれるのだろうか。

「Karu、何をしているんだ。またslugに戻すぞ」

ぬるい潮風が吹く。むこうにいた王子は日本式に手招きしてくる。

「行くぞ」


行動開始の時刻が来た。22：30。都市部だとまだ人通りも多い時間帯だが、このあたりではすでに周囲は真っ暗になり、もともとまばらな周辺住人もすべて家の中に引っ込んでいるようだ。本当はもっと遅い時間帯の方が望ましいのだが、不自然なく犯人を呼び出せるぎりぎりの時間帯だった。館山市内の現場。周囲に建物はなく真っ暗で、仮囲いの鉄板が発光を、潮騒《しおさい》と陸風が音響を紛らせてくれる。そして周囲の林や草叢にいくらでも部隊を隠せる。ドンパチには最適のロケーションだ。もっとも、敵にとってもそれは同じなのだが。

木立の陰に身を潜め、もう何度目か分からない弾倉の確認をしていると、王子の手が肩に置かれた。「出るぞ。おもちゃはしまえ」

「了解。あんたも顔の緊張をしまってくれ」

二人並んで木陰から出る。仮囲いの隙間から中に入る。手早く周囲を窺い、部隊の配置と、それが外見上、全く分からないことを両方確かめる。

携帯を持って操作しているため、待ち合わせの相手はディスプレイの光ですでに見えていた。来ている。死体のあった作業小屋の前。立入禁止の表示は一時的に解いてもらっているので、一人でも入れたのだろう。その男はこちらが近付いても携帯を見たまま、動かずに突っ立っていた。

犯人——グエン・ヴァン・ドゥック。

王子にもカフェで説明した。彼が犯人である根拠。実際に口にしてみると、なぜその時点で気付かなかったのか、と歯噛みするような話だ。

簡単なことだった。この事件の「売り」である二重密室が成立したのは、このグエンが俺たちに、村上のアリバイを教えたからだ。

村上は風俗店にいたというアリバイを黙っていた。感覚の違いなのか、王子という立場ゆえなのか、殺人容疑をかけられてまで黙っているとは、偽アロンも予想できなかったらしい。そのせいで村上が第一容疑者になってしまい、密室はNの方だけであるかのようにとらえられてしまっていた。偽アロンとしては不本意な状況だったわけだ。

だから、こちらが訪ねてきた時を狙って、村上が館山にいたとグエンに言わせた。これは一見すると村上に不利な情報なので、グエンも不審に思わず、指示通りに話したのだろう。だが実際には、風俗店に問い合わせるだけで、村上には強固なアリバイがあることが判明してしまう。グエンは自分で、自分に容疑が向くようなことを言うよう操られたのだ。

そしてグエンのこの発言は、こちらにとってのヒントにもなった。そもそも事件関係者がこのタイミングで、こんな大事な情報を、それまで誰にも言わなかったのにいきなり言う——というのが不自然極まるのであり、これは偶然でなく必然と見るべきだった。悪いが、俺は自分の身の程を知っている。特捜本部が訊き出せなかった新情報を自分があっさり訊き出せた、などと単純に信じたりはしない。

　となれば、犯人はこのグエンだ。

　それを話した時、王子は眉をひそめた。本件にSNAKEの「治験」という側面があるなら、被験者たる「犯人」は日本人であるべきではないのか。

　だが俺は否定した。SNAKEの治験に使えるのは「逸脱行動への抵抗感が強い人間」だ。外国人であっても……いや、「異国」の人々の中で暮らさなければならない在留外国人であればなおさら、自分の行動には気をつける。現に、犯罪者となりやすい年齢層が多いにもかかわらず、在留外国人の犯罪率は日本人の半分程度しかないのだ。実験台としてはむしろ、日本人より向いている。

　そのグエンを、偽アロンは唆して殺人犯にした。

「ジョン・スミスと名乗る人物と、最近知り合ったな?」王子がグエンに聴く。「そして『絶対にばれない殺人の方法』を教わり、ある程度のお膳立てもしてもらった」

　暗がりの中でも、グエンが驚いた顔になったのは分かった。呼び出しには応じたものの、いきなり言い当てられると予想していなかったようだ。

「だが『絶対』ではなかった。あなたが実行したトリックはすでに証拠を押さえてある。簡単なことだ。きちんと死体を鑑定していればすぐに分かった」

　あるいは、死体を遺族に返す段階で気付く者がでていたかもしれない。そうなりにくい人間を選んでいるのだろうが。

「あの死体は川面克也ではない」王子は言った。「正確に言えば、頭部だけが川面克也で、胴体の方は体格が似た別の人間だ。ジョン・スミスがどこかで獣のように殺して『調達』してきたんだろう。……死体がバラバラにされていた理由はこれだ。川面の頭部に別人の胴体と四肢を並べて、すべて川面の死体であるかのように見せかけていた」

これこそが、見落としていた最も明らかな手がかりだった。そう。この仕事をやっていると驚かなくなってしまうし、現に本件の「変わった点」としてもカウントしていなかったのだが、死体をわざわざバラバラにするというのはかなりの労働だ。サーヴィス残業で気軽にやれる範囲じゃない。

「もう一人の殺された人間はまだ身元が分かっていない。失礼ながらAとさせてもらうが」王子はグエンに視線を据えたまま、淡々と話す。「あなたがやったことはこうだ。まず鴨川の現場にAを連れていき、拘束した上でビニールシートの上に寝かせ、ショベルカーで轢き殺す。死体をバラバラにした後、ショベルカーと、不要なAの頭部を海に落として始末し、自分はAの胴体と四肢を持って館山の現場に移動する。そしてそこで、拘束していた川面克也に本人の携帯で断末魔の実況をさせた後、彼を殺害する。窒息か、胴体部分を刺したか。頭部だけで死因が判別できないような方法なら何でもいい」

この時点で二人の人間が殺され、一人はバラバラにされている。よほど感覚が麻痺していなければできないことだった。

「それから川面の頭部を切断し、首から下はやはり海に捨てる。もちろん捨てる前に腕からスマートウォッチを、指から結婚指輪を回収する。スマートウォッチを壊し、結婚指輪をAの指にはめた上で、Aの胴体・四肢と一緒に川面の頭部を置く。これで『轢過されて死んだ』『川面克也』の死体の完成だ」

身元の確認と死因の特定を、それぞれ別の死体にやらせたのだ。川面克也が行方不明になり、死体が出てくる。警察は当然、頭部を見て身元を特定する。だがこの場合、犯人はさらに念を入れていた。左手のエンゲージリングだ。きつく嵌《は》まっていて抜けなかったため、川面が長時間つけたままにしておいたものである、と見られたが、ここにもう一つのトリックがあった。シリコンか生理食塩水か知らないが、犯人はAに指輪を嵌めた後、薬指に注射をしてむくませることで、指輪ががっちり指に食い込んでいる状態を作ったのだ。行方不明者に一致する頭部と、指のエンゲージリング。誰もあれが——あの死体のすべてのパーツが川面克也のものであると疑わなかった。頭部とエンゲージリングで身元を、胴体で死因を——並べた二つの死体に「分担」させることで、「川面克也は二時二分過ぎにここで」「ショベルカーにより轢死した」というありえない状況ができあがった。

「すでに死体の再鑑定が始まっている。わざと雑に切ったんだろうが、頭部側の切断面が胴体側のそれと合わないことは鑑定すれば確実に分かる。何よりDNAが違う。それに海中を調べれば、水没した一人分の死体と、ショベルカーが出てくる」

ゼンマイを巻くような虫の音が続いている。湿って暑い空気が滞留している。

「Aは何者だ？　トリックのためだけに、無関係の人間をさらってきて殺したのか？」王子が一歩、グエンに歩み寄る。「違うだろう。Aは提供されたはずだ。ジョン・スミスに。君を助ける。犯行方法を教えるから、ついでにこいつを始末してくれ――とでも、もちかけられたんじゃないか？」

その名前が出るたび、俺はこっそり周囲を窺っていた。いない。偽アロンどころか、動く者が何もいない。前回、包囲されかかったことで警戒し、この現場には来ていないのだろうか。だが。

不意に右方向、十メートルほど離れた草叢の中で何かが光った。

ただ輝いたのでなく発光している。あそこに何かの照明装置が置いてあるのだ。いや、照明装置というには光が弱すぎる。

近付こうとした瞬間、草叢の中に偽アロンが出現した。今度はスーツ姿だが、何かおかしい。あれは人間ではなく。

王子が呟いた。「……立体映像だ」

思わず口笛が出る。「夢見た未来、ってやつだな」

熱光学迷彩もそうだが、ARではなく現実空間で、裸眼で360度視認可能な立体映像ディスプレイというのは、すでに実用段階に至っている。もちろん何もない空間に投影するのではなく、透明のガラスケースのようなものの内部に映像を出すのだが、俺の世代などから見れば本当に「未来の技術」だ。当然だった。もう二十一世紀になって二十年以上が経過しているのだ。

立体映像の偽アロンが手を振っている。

――「我らの願いは既にかなった。良い。すべてこれで良い。人類の補完。やすらかな魂の浄化を願う」。

ご満悦のところ悪いが、偽アロンの漫画ごっこにつきあう気はなかった。「たいしたもんだ。ずいぶん高いおもちゃをくれるんだな。マフィアは」

――さすがに今回は警戒されているだろうからね。立体映像で失礼。「正確には衛星経由で私の一部がロードされているだけよ」。「表情と声はこの程度で勘弁して」。

「ただ臆病なだけじゃないのか」

俺が相手をする間に王子が小声で指示している。「捜索開始。僕の視線の反対側だ。射撃及び催涙弾の使用を許可する」

悪いがこちらも学習している。立体映像が出たからといって、素直に「ああ今回はいないのか」と納得するほど馬鹿ではなかった。王子は言っていた。どんなに警戒されても、偽アロンは必ず現場に現れる。兄は昔からそうだった。読者の感想は直接聞きたがるんだ――。

それが本当なら、この立体映像は単なる視線誘導だ。なぜならグエンが今に至るまで、最初にいた位置から一歩も動いていないからだ。おそらくそれは偽アロンの指示だろう。偽アロンはグエンと対峙させることで、俺たちの立ち位置をコントロールしているのではないか。背後から、俺たちの「感想」を直接拝聴するために。

――どうだったかな？　№９は自信作なんだ。本当は二重どころか三重、四重密室にもできるけど、複雑すぎるとトリック本体の驚きが減る。見せ方はシンプルに……

背後で足音と草を踏む音が交錯し、立体映像の偽アロンが黙ると同時にイヤホンに声が聞こえた。「Contact.」

振り返った早さは王子に遅れなかったはずだが、王子は同時に拳銃も抜いていた。

だが暗がりの中で、複数の方向から複数の足音が同時に動き出した。いくつかの銃声と発射音が続く。

「影武者を山ほど用意してやがるぞ」

「それも読んでる」王子は手を挙げた。「Open enveloping fire.《包囲射撃開始》 Annihilate enemy.《全滅させろ》」

短機関銃の銃声が一斉にあがった。そこらじゅうで派手に花火が爆《は》ぜている。俺は思わず耳を塞いで下がる。「おい、蜂の巣にする気か?」

「本物と囮を区別している余裕はない」

王子自身も、斜め前で動いた人影に拳銃を連射した。仕方がない。ハズレであれば反撃してくる可能性があるのだから、援護しなければならなかった。俺も射撃を始める。反動で銃を握る手が跳ね上がる。それをこらえて狙ってはいるが、当たりどころがよければ殺してしまうかもしれないのだ。実に刺激的な仕事だった。

周囲から一斉にガス状の何かの噴出音がした。発射炎で照らされた空間に一瞬、白い煙が浮かび上がる。

王子が叫ぶ。「Gas!」

催涙ガスだ。だが、それも読んでいる。護衛官部隊は暗視ゴーグル付きのガスマスクを装備していた。俺も支給されていたマスクをつけ、王子がつけるのを手伝ってやる。本当に読み通りだった、と、半ば呆れる気持ちだった。周囲には銃弾が飛び交っているが、恐怖感はすでに麻痺している。

喫茶店で、王子は偽アロン捕獲時に想定されるケースを列挙してみせた。武装は当然しているだろう。熱光学迷彩も使ってくる。本人に化けた囮を用意するかもしれない。それも複数人を一斉にばらけさせてくる可能性がある。それだけではなく。

――秋葉原の時、偽アロンが言っていただろう？　「Step right this way. Watch carefully!」。あれは『まじっく快斗』の主人公、怪盗キッドの台詞だ。

――ああ、『名探偵コナン』に出てくる奴か。それがどうした？

――偽アロンも怪盗キッドの真似をするかもしれないってことさ。彼がよくやるのは囮の人形、ハンググライダーでの飛行、それに煙幕だ。だから現場を包囲するように部隊を配置する。対空攻撃も準備する。そしてただの「煙幕」で終わらなかった時のために、スコープ付きのガスマスクを装備させる。怪盗キッドは人を傷つけないが、あの偽アロンにそうした品格は期待できないからな。

こんなに金のかかった犯人確保は初めて見た。だがそのおかげで、そこここから「一名確保」の声が上がっている。

だが、安心しかけた俺の耳に、一瞬で危険と分かる音が届いた。車の走行音。左からだ。それも大型でかなり高速の。

すさまじい破壊音がして仮囲いが吹っ飛ばされ、大型の黒いセダンが突入してきた。ウインドウが下がり、車内からマシンガンが斉射される。発射炎で目がくらむ中、必死で王子とともに地面に伏せた。あとは当たらないよう祈るしかない。セダンは装甲車両のようで、ドアや窓に当たる銃弾を景気よく弾《はじ》きまくってひび一つ入っていない。エンジンを咆《ほ》えさせながら林の中に突っ込んで停車し、駆け寄ってきた人影を乗せたのが見えた。ドアを閉めると同時にバックしてくる。

最後は強硬手段、ということらしい。「あんなもの出しやがって。怪盗ごっこは終わりか」

王子は言った。「それも読んでる」

草叢から立ち上がった護衛官が二人。一人は援護のために射撃をし、隣のもう一人が対戦車ロケット砲を構えていた。

「戦争する気か」

「M72LAWだ。我が国の領土防衛は地形上、歩兵が重要だからな。いっぱい買ってあるんだ」

「おい。そんなもの撃ったら……」

待て、と思う間もなく火の尾を引いてロケット弾が発射され、装甲セダンに命中して爆発した。光で目がくらみ、熱風が頬を打つ。護衛官部隊がセダンを包囲する。

セダンが炎上している。さすがに声が出なかった。これでは乗員は全員死んだのではないか。運転手。銃手が最低二名。そして一人、乗り込んだ人間も見えた。最低四人が、一瞬で。

護衛官が後部ドアに駆け寄り、ドアを開け放して中から乗員を引きずり出している。

王子は分かっていたのだ。状況によっては「決着」が容易に"arrest"ではなく"kill"になることを。偽アロンが死んでも所持品が何か残れば、日本での潜伏場所が割れる可能性は高い。少なくとも王室のスキャンダルはなくなる。確かにそうだ。そして一瞬の躊躇いもなく指示した。

だが隣の王子は、立ち上がると呟いた。

「……違う！」

そして反対側に駆け出す。俺も反射的に後を追って駆け出していた。「おい！」

「あれも囮の可能性がある。なら本命は反対のこっち側だ」

王子が闇の中に駆けていく。直感した。今、あれを見失ってはならない。

5

草叢から斜面を駆け上がり、林の中に入るとさらに闇が濃くなった。足元が完全に見えなくなり、漆黒の宇宙区間に投げ出されたような感覚に足がもつれる。ふらついたところで下生えに足をとられ、それがかえって体全体のバランスを戻す方向に働き、なんとか全力疾走を続けられた。

王子の背中は闇の中だが、駆けていく方向は気配でまだぎりぎりと分かる。離されてはならない。一緒にいなければ。

走れた。体は重く、さっき踏ん張った時に右膝に走った電撃の残滓《ざんし》がまだあるが、速力は落ちていない。再開していたランニングの効果で若返ったか。いや、老けてはいる。老けたまま強靱になったのだ。まだ走れる。息は苦しく、足元は不安定で何度も草と地面の凸凹《でこぼこ》に足首が曲がるが、王子には追いつけるはずだった。視界が広がる。林を抜けていた。潮の香り、と、白い月。

乾いた発砲音が星空に反響する。

王子がいた。銃を構えて照準をつけている。その先にもう一人の、スーツの男。今日はコスプレはしていないようだ。今は熱光学迷彩で消えてはいないが、男の足元に落ちている丸めた布切れのようなものがそれかもしれない。王子が発砲し、迷彩を解かせたのだろう。

偽アロンの方も拳銃を持っていた。下手な片手持ちだが王子を狙っている。俺は威嚇射撃をして駆け寄り、銃を向けてから弾倉が空になっている可能性に気付き、急いで予備弾倉に交換する。

「Hattä se pottu《捨てろ》!」

メリニ語の発音は日本人にもし易《やす》い。通じるはずだった。

月明かりの照らす崖の上。偽アロンと対峙している。息が上がっているが、腕はまだ上げていられる。

追い詰めている。後ろは崖だが、漫画じゃないのだ。気球やハンググライダーを広げて飛ぶことなどできない。何より偽アロンはこの距離で見る限り、そんな強力な道具を隠し持っているようには見えなかった。右肩に照準をつける。だがすぐには撃てなかった。背後の崖が近すぎる。

仰向けに倒れられれば墜落してしまう可能性がある。あるいは、それを狙ってあえてそこに立っているのかもしれなかった。

偽アロンはなぜかこちらに拍手をした。「ここまでやるとは思わなかったよ。よくやった」

「あんたみたいな上司はいない」

「惜しい！　そこは『上司か』だけでよかった」

「ああん？」相変わらず話が通じない。俺は照準を顔面に変えた。「両手を上げてこちらに来い。妙な動きをしたら即、射殺する」

「『やめておけ…死人が出るぞ』」偽アロンは両手を広げた。「というより、国際問題になるよ？」

「ならない。メリニア王国のアロン第一王子は、四年前の飛行機事故で死亡している」眉間に照準をつける。急に吹き始めた追い風が邪魔だ。「死人は死なない。あんたは偽者だ」

「本物のアロンはどこに監禁している？　あんたは彼から情報を訊き出し、アロンに成りすましている」王子もおそらく頭部に照準している。「今のうちに自分から言え。偽者でも我が国の拷問文化は知っているだろう」

「甘いよMika。そこは『生きながら苦しめる方法ならオレもいくつか知ってる。お前に試してやろうか？』がクールだ」偽アロンは楽しげに銃を弄ぶ。「それに間違ってる。余はアロンだよ。本物のAron《アロン》 paleeka《パレーカ》 koresaarivilleti《コレサーリヴィッレティ》 だ」

「Ei missäle tapauksessa《ありえないね》. アロンは四年前、飛行機事故で死んだ。あの状況で、無傷で助かる方法はない」

「『なんだ……ガッカリだね。ウワサを聞いてどんな面白い子かとあれこれ想像してたのに。』……しまった。ここからがいい台詞なのに！」偽アロンは一人で頭を抱え、いきなり真上に向けて一発撃った。「まあいいや。余は生き残ったよ？　とっさに思いついたからね。騎士が異性のトリックNo.68を」

「嘘だ」

「本当だよ。余は何も持っていなかったけど、生き残るための『道具』ならあの岩棚にあったじゃないか。『大罪人の名前は間違えるもんじゃね～ぜ♪　不死身《アンデッド》のバン。それが俺の名前だ…！』。大火傷なんかせずに助かる方法はあの場ですぐに思いついた。余はまさに再起するパンツだ。『そう思わないかい？　碇《いかり》シンジ君』」

俺の足元で何かが弾ける乾いた音がした。偽アロンが真上に撃った弾が今、落ちたのだと分かってぞっとした。まさか狙ったわけではないだろうが、当たれば無事では済まなかった。

王子は沈黙している。相変わらず何を言っているのか分からないが、ここまで自信満々に言われると、確かに検討せざるを得なかった。トリックNo.68。あの状況の岩棚で、大火傷をせずに生き残る方法があるのだろうか。

「Mika。いつもの推理はどうした？」アロンはまた頭上に向けて撃った。「簡単なことじゃないか。ようは燃えるところにいなければいいいんだから」

「……あっ」

間抜けな声が漏れてしまった。王子より、俺が先に気付いた。

「……燃やしたのか。自分で」

偽アロンは片手に銃を持ったまま、音の出ない拍手をした。「『おみごと……正解よ……』」

王子がこちらを見る。どんな顔をしていいか分からなかったが、目をそらすわけにはいかなかった。分からないまま頷きかける。「アロンは生きてる。先に燃やしたんだ。まだ燃えていないところを」

王子なら、間違いなくこれだけでも伝わる。

つまり、そういうことだった。隠れる場所のない岩棚。迫る炎を消す方法もなく、飛び込んで大火傷を負わない方法もない。それでも手はあった。炎の中から火種を取り、まだ燃えていない自分の後方のkanervaを先に燃やしたのだ。そして、すでに燃えた部分に逃げ込んだ。すでに燃えている部分はもう燃えない。炎は焼け跡の縁で止まる。

王子も気付いたようで、口がわずかに開く。

あるいは、と思う。普段の王子なら、こんな単純なトリックはすぐに見抜いていたのではないか。これが解けなかったのは、王子のどこかに「解きたくない」という気持ちがあったからなのかもしれない。解けてしまえば、ＭＩＢと手を組み、世界中で殺人教唆をしているのは他でもない兄だということになってしまう。

だが、これが現実だった。ジョン・スミスは本物のアロン王子なのだ。

王子が構えていた銃をゆっくりと下ろす。velle、と呟いたのが聞こえた。

「まあ、正直余自身も『死んだ』と思ったけどね。『あきらめたらそこで試合終了だよ』と思ったし！　余は不死身のアロンだ」

軽薄に喋るアロンに苛《いら》つきを覚えた。「てめえそれでも一国の王子か。マフィアと手、組みやがって」

「じゃあ、日本の歴代総理大臣はどことも仲良くしたことがないとでも？　どこの国も似たようなものさ。真っ白な公権力なんてありえない」

「盗人猛々《ぬすっとたけだけ》しい、ってやつだな。積極的に手を組んでいた奴が開き直るな。祖国の恥をばらまいて……」グリップを握る手に力が入る。「……弟を裏切っておいて、よく平気だな」

「恥？　Koljuの王族なんてもともと海賊の親玉さ。〝Aron paleeka koresaarivilleti《海賊島の頭領アロン》〟……僕の名前がそれを示している。Mikaだって同じ名を持ってる。伝統を継承しただけだ」

「ご立派なことだ。伝統は大事だよな」逃がすわけにはいかない。俺は照準をつけ直す。「日本国から友好のしるしとしてプレゼントをやるよ。鉛玉と手錠のどっちがいい？」

「それでも狙うのは右肩か。しっかりしてるね、本郷君」アロンは銃口を向けられても笑っている。「優秀だ」

背中を押すように追い風が吹き抜けた。それまで黙っていた王子が、ぼそりと呟いた。

「……気安く呼ぶな」

王子が下ろしていた銃をゆっくり上げ、構え直した。「一つだけ質問する。それが終わったら射殺する。答えながら、死の苦痛を想像していろ」

「Joo《ヨー》. 何だい？」

「……なぜＭＩＢと手を組んだ？」

王子の声から感情が消えている。射殺する、という蒼い殺意を全身から発している。

「簡単なことさ。四年前の『事故』の……あの状況では仕方がなかった」アロンはうす笑いを浮かべている。「ＳＮＡＫＥの研究結果を持って、ＭＩＢに協力する。そう約束しなければ、僕も君も殺されていたんだよ。Mika」

王子が目を見開く。虫の音がやんだ。

「そもそもあの飛行機事故は『事故』じゃなかった。マスコミも警察も黙っているけどね。爆発物が仕掛けられていた、ＭＩＢによるテロだ。目的は王に対する警告。『これ以上邪魔をするなら王位継承者がいなくなるぞ』という」

驚きはなかった。あの事故については王子に黙って調べていたが、アロン王子の国葬が極めてひっそりと済まされたことと、メリニア国内の報道が妙に少ないことから、きな臭いものを感じていたのだ。だが衝撃はあった。王族を直接に殺害するテロ。ＭＩＢとメリニアンマフィアは、そこまでやるのだ。そしてそれを隠蔽できるほどに国内で力を持っている。

「Mika。一度は意識を取り戻したんだろう？　なら覚えているんじゃないか？　日が落ち始める前の段階で一度、現場に車が来ただろう。にもかかわらず、君が救助されたのは夕方になってからだった。救助隊より先に来て、君を救助せずに帰ったその車は何だ？」

　王子の視線が揺れている。「Ei……」

「彼らはまず僕が生きていることを確認し、殺そうとした。Mikaもまだ生きていることは、彼ら自身から聞いたよ」アロンは両手を広げた。「……協力するしかなかった。ＳＮＡＫＥの研究。自ら『いつでも出せる王室のスキャンダル』として監視下に入ること。出せるすべてを差し出して助命を交渉した。……Mika。君のね」

　王子の銃口が震えていた。王子自身の震えが銃に伝わっている。それが重くてたまらないものだというように、銃が再びゆっくりと下りていく。王子の唇が動く。繰り返し何かを呟いている。

「Mika。兄である僕から忠告……いや、お願いだ。ＭＩＢに噛みつくのはやめるんだ。王室のかなう相手じゃない」アロンは王子を見つめている。「認めるんだ。大人になろう。ＭＩＢもマフィアもKoljuの一部だ。我が国はそういうふうにできている」

　王子が俯いている。虫の音は止み、吹いた風が雲を動かし、月が隠れた。闇が濃くなり、周囲の岩も草も、闇の中に沈んで輪郭だけになる。崖の下から潮騒がわずかに届くようになった。

「新しい技術は、最初は一部の人間に独占されるものさ。電話も電灯も飛行機もだ。今後は高性能ＡＩと再生医療がそうなる。権力者だけが無限に賢くなり、健康になる。だがそれらは時間をかけて少しずつ、大衆にも開放されるようになっていく。ＳＮＡＫＥもその一つだ。そういうものなんだ。それが人間社会の構造というやつだ。……それでいいんだよ。世界はそうやって回っているんだ。ＳＮＡＫＥが普及したところで、マフィアが支配したところで、僕たちの生活は何も変わらない。なら何も問題はないじゃないか？　結局、それでも世界は回っているんだから」

月明かりが陰っていて、喋るアロンの表情は分からない。王子は俯いたまま沈黙していた。どこかで夜鷹《よたか》がひと声、高く鳴いた。

俺は王子の背中を叩いた。

「騙されるなよ。相棒」

王子とアロンの視線がこちらに向く。注目されるほどのことはやっていない、と思う。

「長々とご苦労だったな。おかげでひと眠りできた。つまらない演説は夢の中で聴くのが一番だよな」銃口をアロンに見せつける。「生憎《あいにく》、こっちは日本人でな。くだらない訓示だの意味のない会議だのは飽き飽きなんだ」

王子がこちらを見ている。

「随分といろいろ喋っていたが、あんたの話は要約すると結局『マフィアに逆らうな』になる。マフィアとＭＩＢのご意向通りに、連中の脅しを代弁しているだけだ」

「君に発言を求めてはいない」

「じゃあ、なぜわざわざ日本語で喋った？　ついでに俺にも聞かせるつもりだったんだろ。隣にいる俺が迷えば、王子を丸め込みやすくなる」空気の操作に根回し。どこの国でも同じらしい。

「体制に従順な日本人なら丸め込めるとでも思ったか？　日本人をなめるなよ」

「君に発言は」

「いや、勝手に喋らせてもらうよ。あんたは弟のためにＭＩＢに協力したかのように言っているが、嘘だな。それならなぜ、とっとと連中を裏切ってこちらに戻らない？　前回の事件の後でもよかった。なんなら今でもいい。この現場は王室庁が制圧している。ＭＩＢを裏切って、やつらの内部情報を手土産にこっちに戻れよ」

左手をアロンに差し出す。アロンは動かない。だが風が雲を動かし、月が再び顔を出した。

「それをせずに奴らに協力して殺人を続けているっていう時点で、あんたは進んでＭＩＢに協力しているんだ。弟のためだと？　違うね。あんた自身の保身のためだ」

喋りながら自覚していた。俺が一番腹を立てているのはそこだったらしい。本音は自分の保身のためなのに、弟のためにそうした、と言って王子に寄りかかる。

「あんたはＭＩＢに屈したんだ。そういう自分を認めたくなくて、弟のためだの、人間社会の構造だのとあれこれ言い訳をしている。本当は後ろめたいんだろう？　後ろめたいから漫画を引用して借り物の言葉で喋る。後ろめたいから弟を抱き込もうとする。一人で祖国を裏切り続けることに耐えられないんだ」

「黙れ」

「これでも半世紀生きてきたんだ。あんたみたいな若造は日本でも山ほど見てきたよ。ネットで聞きかじった都合のいい情報だけを並べて、しょせんこの世は弱肉強食だとか嘯《うそぶ》いて、世界のすべてを分かったつもりでいる。現実の自分自身は教室でのいじめに見て見ぬふりをし、選挙にも行かず、電車で妊婦に席を譲ることすらできない、ただの臆病者だ。臆病者が何も行動を起こせない自分をごまかすために、行動する人間を嘘の理屈で否定して足を引っぱろうとする」

月明かりが周囲を照らす。アロンがこちらを睨んでいる。

「『結局、それでも世界は回っている』だと？　どこを見て言ってるんだ。こうしている間にも毎年十万人以上が紛争とテロによって死に、５・６秒に１人が５歳になる前に死んでいる。安全な飲み水にアクセスできない人間は20億人いて、たった数百円の予防接種が受けられずに年間１５０万人が死んでいる。世界は回ってなんかいねえんだよ。あんたの見える範囲が回ってるように見えているだけだ」

アミリアの顔が浮かんだ。彼女は結局オックスファムに就職して、世界から貧困をなくすために戦うという道を選んだ。今もまだそこにいるのだろうか。

「世界で最も裕福なたった26人が、貧しい方から数えた40億人と同じ資産を独占している。たった千円で救える命があるのに、何兆円もの資産を抱え込んでいる奴もいて、そいつらはメリニアみたいなタックスヘイヴンを使って税金逃れをしている。犯罪組織は人をヤク漬けにし、さらった女に売春をさせてボロ儲けして、その金をメリニアみたいなタックスヘイヴンできれいにして貯《た》め込んでいる。てめえが協力してるのがそれで、ミカが戦っているのがそれだ。俺からも言ってやる」照準をつける。今度は眉間だ。「悪に迎合するなんざ、まっぴらごめんだ」

「黙れ」アロンが地面を踏みしめた音がした。「一般人に我々の苦しみが分かるか。王族として生まれ、仕事も、パートナーも、自分のキャラすら自分で選べない。それなのに王族だからと命を狙われる。お前らに想像がつくか？　生まれた時からずっと、王室とマフィア、二つの檻に閉じ込められてきた」

　まだ演説の口調だったが、徐々に感情が入っていくのが見ていて分かった。アロンは怒っていた。というより、不満をぶつけていた。

「僕は檻から出て、自由になりたかった。一般人が口出しをするな」

「『一般人』じゃない。僕の相棒《バディ》だ」

　王子が銃を構えていた。俺に何を言われても動かなかったアロンは、そこで初めて動揺を見せた。「Mika」

「残念だよ。velle《兄さん》」王子は俺同様、眉間を狙っているようだった。「君は大好きな漫画やアニメから何を学んだんだ？　漫画やアニメのヒーローの中には色々な奴がいた。弱い奴もずる賢い奴もいた。だが悪に迎合する奴は一人もいなかっただろ？」

「Mika」

「それに君は、檻から出てなんかいない。一つの檻から別の檻に移っただけだ」王子の表情に落ち着きが戻っていた。「こっちに戻るんだ。答えろ。日本でのアジトはどこだ。ＳＮＡＫＥのサンプルはどこにある？」

　複数の足音が背後から近付いてくる。王子が動かないのを瞬間的に見てとり、周囲を見回して銃を向ける。来たのは敵ではなく、護衛官部隊の兵士たちだった。彼らも一斉にアロンを取り囲み、短機関銃を向ける。

「東京都中央区勝《かち》どき六丁目、一の七。そこに拠点の一つがある」アロンはゆっくりと言い、それから笑った。「そっちには戻らないよ。僕は檻から出る」

「velle」

「Terjöisä Mose《モセによろしく》, Mika.」

　こちらが最後の言葉の意味を理解するより先に、アロンが体重を後ろに傾けていた。撃っても意味がない。俺たちは全員、銃を構えて動けないまま、月明かりに照らされたアロンが崖下に消える瞬間を見ていた。

　落水の音は聞こえただろうか。覚えていない。崖の縁に駆け寄って下を見ても、真っ黒い海面に時折、波頭がちらちらと弾けているだけだった。

　脱力した俺の隣で王子が電話をかけていた。「Shikishima。緊急だ。ＳＮＡＫＥの保管場所が分かった。東京都中央区勝どき六丁目一の七だ。隠密かつ全速力で向かってくれ」

　了解、という敷島の声が電話越しに聞こえた。無表情なそれが頼もしかった。

Epilogue

サウナを「勝負」であるかのように語っている奴がいた。より暑い上段にいられる奴が勝者で、下段に居続けたり、耐えきれなくなって移動してくる奴は敗者なのだそうだ。本来リラックスすべきサウナで何を張りあっているんだと思うし、実にくだらない、とも思っていたが、なるほど実際にやってみると分かる。負けた気がする。馬鹿みたいな話だが、物理的に「上」にいる奴から「見下ろされる」というだけで負けた気になるのだ。

「……もう限界か？　無理をするなよ」

上から気を遣ってきやがる上に、微妙に勝ち誇った得意顔をしている。おのれ、と思ってつい意地を張りたくなるが、フィンランドほどではないにしてもむこうは本場である。もともと行く習慣がなく慣れていない俺が粘ったところでどうしようもなく、頷いて立ち上がった。ドアを開けるとサウナ内の蒸した空気と浴室の「冷たい」空気が一気に混ざりあう。王子は大股で水風呂の方に行くと、さすがに飛び込むような品のないことはせず、しかし全く躊躇わずにしずしずと全身を沈めた。実のところサウナで一番理解ができないのがこれだが、大きな湖のないメリニアの人間もサウナから出てテンションが高い時は凍結した池や川に飛び込んではしゃぐらしい（大人はそうせず、普通に外気でビールなど飲んでいるらしいが）。ちなみに当然ながら、外見からして北欧系であることがすぐに分かる王子はさっきからちらちらちら見られている。本場のやつが来たぞ、と思われているのだろう。

こんなに目立ち、しかも裸でくつろいでいる。大丈夫なのだろうか、と思う部分はまだあったが、王子は全く気にしていないようだ。

館山の事件が解決して一週間。グエン・ヴァン・ドゥックは逮捕されたが、アロンの死体は揚がらなかった。だがアロンが飛び下りる直前に吐いた住所に王室庁が急行したところ、当該マンションの部屋は借主が曖昧な上、複数の人間が出入りしているらしき痕跡もあった。そして王室庁は室内にあったPCとUSBメモリのデータを回収した。まだ専門機関での精査の途中ではあるが、SNAKEの実験データらしきものがあるという。

それでひとまず、俺たちの仕事はなくなった。目の前で二度も兄を亡くした王子だが、表面上はともかくも元気にしている。敵の拠点に侵入した関係上、こちらにも報復が来るのではないかと警戒したが、王子も敷島も「この段階でただ報復をしても、隠蔽すべき事件が増えるだけでむこうにとっては無駄」だから安心して生活しろ、と言われた。理屈はそうなのかもしれないが、それで本当に安心して生活し、こうして水風呂で裸になっているというのは、やはり普通の神経ではない。

本格的に休暇に入ったということで、王子は日本観光を満喫している。昨日まで奈良にいたというのに、帰って早々「今度は僕がいいところに案内してやる」と言われてサウナ付きのスーパー銭湯に連れていかれた（運転したのは俺だが……）。こんな東京の外れまで来なくとも、もっと近くにも似たような場所はあったのだが、一緒にサウナに入るというのはむこうでもやはり親交の手段であるらしく、断る理由はなかった。

「よし、Karuは限界のようだからそろそろ出よう」王子が水風呂から立ち上がる。「確認しておいた。外には冷たいSRBSも売っていた。漫画が山ほど置いてあるコーナーもあるんだ。すごいだろう？」

それはわりとどこにでもある、と言うのはやめておいた。楽しそうで何よりだ。

男湯から出ると、浴衣姿になった敷島が腰に手を当てて自動販売機のコーヒー牛乳を一気飲みしていた。敷島は出てきた俺たちの方を見たものの、コーヒー牛乳の方を優先することにしたらしく、モデルのようなスタイルをアピールするかのように健康的に反りかえり、コーヒー牛乳を飲み干してから眼鏡を直した。「お二人とも、ゆっくりしていましたね」

「あんたその浴衣、どうしたんです」

「私はもう本日はこのままです。宿泊施設も併設されていますので」敷島は無表情で湯気を出している。「夕食は牛すきもあります。せっかくですから一杯いかがですか」

「運転して来てるんで。それにあれの警備上、急に外泊もできんでしょう」

後ろの王子を親指で指す。王子は楽しげに自動販売機に食いついている。「よし、僕はフルーツ牛乳だ。これもなかなかいい」

敷島は何か考え事をしながらコーヒー牛乳のプラスチックボトルを指で潰した。相当硬いはずだが。

「……王室庁の方には、私から連絡しておけばよろしいかと。こっそり人をつけさせます」

「おいおい」

敷島は微笑んだ。「たまには『ノリでそのまま泊まっちゃった』というのもよろしいのでは？　若い頃なら誰でも一度はすることです」

「……そうですかね」

いや、それよりはるかに驚く事実を見逃すところだった。今、敷島が微笑んだ。

フルーツ牛乳を堪能している王子を見る。確かに、たいしたことではないのかもしれない。敷島が微笑んだ、という事件に比べれば。

「ミカ」

俺は王子を呼んだ。「予定変更だ。今夜はこのままここに泊まっていくのはどうだ？」

王子は口を開け、また閉じた。

それから柄にもなくあたふたとし始めた。「待て。着替えがないぞ。ブラシも化粧水もない」

「そういうのは、急遽《きゅうきょ》そこらで買う。……それでどうだ」

王子はぱっと顔を輝かせた。「それはいいな！　それこそプライベートだ！」

じゃあ夜のために買い物だな！　待て先に部屋を確認しておくべきなのか？　とはしゃぐ王子を見つつ、これでよかったのだろうな、と思う。隣の敷島はというと無表情に戻って王子を見ている。普通はここで微笑むものだと思うが。まあ、よくわからない人間というのも、たまにはいていい。

「よしKaru、宿泊の準備だ。周辺の店をチェックしよう」

「落ち着け」

夏はまだ終わらない。大仕事だったのだ。もうしばらくは休暇でいいだろう。

あとがき

ナメクジって、カタツムリのことをどう思っているのでしょうか。

人間から見ると、カタツムリというのは「殻がついているナメクジ」です。なんとなくナメクジの「上位互換」という感じがします。殻で防御できるカタツムリと比べると、柔らかい本体がむき出しのナメクジはTシャツ短パンでバイクに乗っている人（千葉によくいる）みたいでいかにも無防備です。あんなに足が遅《おっそ》いのに、特に保護色でもなく目立つのに、それでいて毒などで身を守ることもできていないのに、[*1]殻すら持たずにやっていけるのだろうかと思います。

ですが、どうも当人たちからするとそうでもないようです。というのも、生物学的にはナメクジの方がカタツムリの進化形なのです。彼らは腹足類とか柄眼類《へいがんるい》とかいった人たちで、もっと大きくいえば「軟体動物」で、カタツムリは「陸上で暮らす巻き貝」であり、ナメクジは「殻が退化したカタツムリ」。なぜせっかくの殻をわざわざなくしてしまったかというと、殻があると邪魔で狭いところに入り込んで隠れることができない上、殻の維持にカルシウムが必要で大変[*2]

＊1　とはいえナメクジやカタツムリには寄生虫がついていて、生食して（するな）死亡した例もあるので、触ったら手を洗いましょう。

……といった理由がちゃんとあるようなのです。また、殻で防御できるといっても大きめの鳥には殻ごと咥《くわ》えて持っていかれてしまいますし、フタができるわけではないので、頭部の長いマイマイカブリのような肉食昆虫は入口から頭を突っ込み、大あごを鋏《はさみ》のように使って殻を「切り砕いて」くるのでどうしようもありません。カタツムリにもそれが分かっているようで、大抵のカタツムリはマイマイカブリ等に襲われるとドバドバ粘液を出して抵抗しますし、北海道にいるエゾマイマイなどは「もう隠れても仕方ねえ」とばかりに殻に入らず走って逃げたり[*3]、あげくの果てに殻をぶん回してマイマイカブリに殴りかかります。以前「かついだプレゼントの袋で殴りかかってくるサンタクロース」を書いたことがありますが、それ以上のパワープレイです。マイマイカブリからしたら「嘘《うそ》だろ」となるのではないでしょうか。要するに相手によっては殻があんまり役にたたないことをカタツムリ自身も分かっているわけで、いずれ彼らは殻をやめてナメクジに向かうのかもしれません。

　そう考えると、人間的にはカタツムリの方が殻をしょっていて可愛《かわい》く見られがちでも、当人たちからすれば「あいつらまだでっけー殻乗っけてるよ。ダッセ」みたいな感じで、スマートなナメクジの方が恰好良かったりするのかもしれません。そして柄眼類の話をしていたら紙幅がなくなってまいりました。0になる前に実業之日本社の担当F氏K氏、校正担当者様、ブックデザイン坂野公一氏、イメージぴったりの王子を描いてくださいましたサイトウユウスケ先生にお礼を申し上げたく思います。まことにありがとうございました。本作はこれから製本され、カタツムリのように日本全国に遍《あまね》く分布するわけで、毎度のことながらワクワクいたします（緊張もします）。印刷・製本業者の皆様、実業之日本社営業部の皆様、取次及び配送業者の皆様、そして書店員の皆様、いつもありがとうございます。

最後に、読者の皆様。本作を手に取ってくださり、まことにありがとうございました。本作が皆様の生活に、一滴の潤いとなりますようお祈りいたします。そして願わくば、また次の本の後ろの方でお会いできますように。

令和六年一月

似鳥鶏

X（旧Twitter）:https://twitter.com/nitadorikei

note:https://note.com/campylo_bacter/n/n1f30a6d77107

作品リストはこちら↓

＊2　カルシウム摂取のため、雨で湿ったコンクリートなどを嘗《な》めたりする。カタツムリが何やら不用意に壁面を歩いているのは、それも理由の一つ。

＊3　とはいえカタツムリなので、秒速1・05㎜が秒速1・3㎜程度になるだけらしい。本人たちは必死なのだろうが……。

似鳥　鶏　著作リスト

〈市立高校シリーズ〉
創元推理文庫
『理由あって冬に出る』　二〇〇七年
『さよならの次にくる〈卒業式編〉』　二〇〇九年
『さよならの次にくる〈新学期編〉』　二〇〇九年
『まもなく電車が出現します』　二〇一一年
『いわゆる天使の文化祭』　二〇一一年
『昨日まで不思議の校舎』　二〇一三年
『家庭用事件』　二〇一六年
『卒業したら教室で』　二〇二一年

〈楓ヶ丘動物園シリーズ〉
文春文庫
『午後からはワニ日和』　二〇一二年
『ダチョウは軽車両に該当します』　二〇一三年
『迷いアルパカ拾いました』　二〇一四年
『モモンガの件はおまかせを』　二〇一七年
『七丁目まで空が象色』　二〇二〇年

〈戦力外捜査官シリーズ〉
河出文庫
『戦力外捜査官　姫デカ・海月千波』　二〇一三年
『神様の値段　戦力外捜査官』　二〇一五年
『ゼロの日に叫ぶ　戦力外捜査官』　二〇一七年
『世界が終わる街　戦力外捜査官』　二〇一七年
河出書房新社
『破壊者の翼　戦力外捜査官』　二〇一七年

『一〇一教室』　二〇一六年
河出文庫
『生まれつきの花　警視庁花人犯罪対策班』　二〇一九年
『そこにいるのに　13の恐怖の物語』　二〇二一年

〈御子柴シリーズ〉
講談社タイガ
『シャーロック・ホームズの不均衡』　二〇一五年
『シャーロック・ホームズの十字架』　二〇一六年
講談社タイガ
『叙述トリック短編集』　二〇一八年

講談社文庫　『推理大戦』　二〇二三年
〈喫茶プリエールシリーズ〉　『難事件カフェ』（幻冬舎文庫『パティシエの秘密推理　お召し上がりは容疑者から』改題）　二〇二〇年
光文社文庫　『難事件カフェ2　焙煎推理』　二〇二〇年
光文社　『名探偵外来　泌尿器科医の事件簿』　二〇二二年
光文社文庫　『迫りくる自分』　二〇一四年
『レジまでの推理　本屋さんの名探偵』　二〇一八年
『100億人のヨリコさん』　二〇一九年
KADOKAWA　『小説の小説』　二〇二二年
『唐木田探偵社の物理的対応』　二〇二三年
〈育休刑事シリーズ〉　『育休刑事』　二〇二二年
角川文庫　『育休刑事（諸事情により育休延長中）』　二〇二三年
角川文庫　『きみのために青く光る』　二〇一七年
『彼女の色に届くまで』　二〇二〇年
『コミュ障探偵の地味すぎる事件簿』（『目を見て話せない』改題）　二〇二一年
ポプラ社　『夏休みの空欄探し』　二〇二二年
実業之日本社　『刑事王子』　二〇二四年（本書）
実業之日本社文庫　『名探偵誕生』　二〇二一年

［初出］　Prologue、Case I「嫌われる人は恨まれない」　webジェイ・ノベル　二〇二四年二月六日配信
Case II「胡乱な不在」　webジェイ・ノベル　二〇二四年二月一三日配信
Case III「二つの檻」、Epilogue　webジェイ・ノベル　二〇二四年二月二〇日配信

［著者略歴］
似鳥 鶏
（にたどり・けい）

１９８１年千葉県生まれ。２００６年、『理由あって冬に出る』で第16回鮎川哲也賞に佳作入選し、デビュー。同作品を含む〈市立高校〉シリーズ、〈楓ヶ丘動物園〉シリーズ、〈戦力外捜査官〉シリーズ、〈育休刑事〉シリーズがいずれもロングセラーに。このほかの著書に『名探偵誕生』『彼女の色に届くまで』『叙述トリック短編集』『小説の小説』ほか多数。

著者　似鳥 鶏

発行者　岩野裕一
発行所　株式会社実業之日本社
〒107-0062 東京都港区南青山6-6-22
emergence 2
電話（編集）03-6809-0473
（販売）03-6809-0495
https://www.j-n.co.jp/
小社のプライバシー・ポリシーは
上記ホームページをご覧ください。

DTP　ラッシュ
印刷所　大日本印刷株式会社
製本所　大日本印刷株式会社

刑《デ》事《カ》王《おう》子《じ》

2024年3月5日　初版第1刷発行

ISBN978-4-408-53853-2（第二文芸）